U0566113

关于陀思妥耶夫斯基的六次讲座

Dostoïevsky

〔法〕安德烈·纪德　著
André Gide
余中先　译

人民文学出版社
PEOPLE'S LITERATURE PUBLISHING HOUSE

Dostoïevsky
by André Gide

图书在版编目(CIP)数据

关于陀思妥耶夫斯基的六次讲座/(法)安德烈·纪德著;余中先译.—北京:人民文学出版社,2018(2025.1重印)
(经典写作课)
ISBN 978-7-02-014112-8

Ⅰ.①关… Ⅱ.①安… ②余… Ⅲ.①陀思妥耶夫斯基(Dostoyevsky, Fyodor Mikhailovich 1821-1881)-文学研究 Ⅳ.①I512.064

中国版本图书馆CIP数据核字(2018)第063956号

责任编辑 **李 娜 邱小群**
装帧设计 **高静芳**

出版发行 **人民文学出版社**
社　　址 **北京市朝内大街166号**
邮政编码 **100705**

印　　刷 **山东新华印务有限公司**
经　　销 **全国新华书店等**

字　　数 **122千字**
开　　本 **890毫米×1240毫米 1/32**
印　　张 **5.875**
版　　次 **2019年3月北京第1版**
印　　次 **2025年1月第8次印刷**

书　　号 **978-7-02-014112-8**
定　　价 **45.00元**

如有印装质量问题,请与本社图书销售中心调换。电话:010-65233595

目录

从《书信集》看陀思妥耶夫斯基[1]

献给皮埃尔-多米尼克·杜布耶

托尔斯泰伟岸的身影仍然遮挡了地平线，不过——这就像走在山里头那样，我们越是走得远，就越能越过最近的山峰，看到曾被它挡住的远处的最高峰巅——我们的某些先驱者也许注意到了，在巨人般的托尔斯泰后面，又显现出了陀思妥耶夫斯基的身影，而且越来越大。他是依然半隐半露着的顶峰，是绵延伸展的山脉的神秘纽带，几条最充沛慷慨的河流从那里发源，新近干渴的欧洲今天正在痛饮它们的水。应该将他，陀思妥耶夫斯基，而不是托尔斯泰，与易卜生和尼采并列。他跟他们同样伟大，也许还是三人中最重要的一位。

大约十五年前，德·伏居耶先生[2]把开启俄罗斯文学的铁钥匙，放在称为雄辩的这一银盘子上，献给了法国。他谈到陀思妥耶夫斯基时，却为这位作家的粗野感到抱歉；他承认陀思妥耶夫斯基具有某种天才，但同时高雅地对此表示了保留态度，并请读者原谅陀思妥耶夫斯基大量的粗话，承认“绝望使

---

① 此篇写于1908年，原载《纪德全集》第五卷。

② 梅尔希奥·德·伏居耶子爵（1848—1910），法国作家、外交家、东方学家，其著作《俄罗斯小说》(1886）向法国介绍了十九世纪俄国的著名小说家。1888年当选为法兰西学士院院士。

得他试图让我们的世界来理解他的世界”。他认为陀思妥耶夫斯基最初的几本书是成功的，至少是可以忍受的，他因而为此花费了不少笔墨，但他最后停留在了《罪与罚》上，说“陀思妥耶夫斯基的才华从这本书起便停止了发展”，当时的读者对他的这句话不能不信以为真，因为陀思妥耶夫斯基的其他作品几乎都还没有翻译成法语。他还说，“陀思妥耶夫斯基会使劲地扑打翅膀，但始终在天空下日益浑浊的雾阵中转圈”，他宽厚地介绍《白痴》中白痴的性格，接着，又说《群魔》“含混不清，结构混乱，常常十分可笑，充满了世界末日的理论”，又说《作家日记》是“晦涩的赞歌，既不是分析，也不是论战”；他只字不提《永恒的丈夫》① 和《地下室手记》，他写道：“我没有提到一本叫《少年》的小说，跟先前的作品相比，它大为逊色。”他还以更为鄙夷的口气说：“我也不提《卡拉马佐夫兄弟》，一般认为，没有几个俄罗斯人会有勇气读完这个没完没了的故事。”最后，他这样归纳道：“我的使命仅仅是请人们注意这位作家，他在俄国享有盛名，而在我们这里却默默无闻。我还在他的作品中指出了三个部分（?），它们似乎最能体现他才华的不同侧面，这就是《穷人》、《死屋手记》和《罪与罚》。”

因此，我不知道我现在是应该感谢德·伏居耶先生，因为毕竟是他最先向我们介绍了陀思妥耶夫斯基呢，还是应该抱怨他，因为他可悲地削弱了这位天才作家的非凡形象，使之不完整，甚至被歪曲呢？当然，他那样说，是出于一种诚恳，尽管

① 它被细腻的文人马塞尔·施沃布认为是陀思妥耶夫斯基的一部杰作。——原注

他的做法似乎有违初衷。我有些怀疑，《俄罗斯小说》的作者提请人们注意陀思妥耶夫斯基，到底是在为陀思妥耶夫斯基帮忙呢，还是通过将注意力集中在三本书中，而替陀思妥耶夫斯基帮倒忙？这三本书当然是非常好的，但并不具有最大的代表性。只有超越它们，我们才能充分地展开我们对陀思妥耶夫斯基的景仰之情。此外，对沙龙人士的智力来说，很难乍一眼就能把握或者深入理解陀思妥耶夫斯基的："……他不能让人消除疲劳，而只是让人感觉疲劳，就像不停奔跑着的纯种赛马；读者得保持始终的清醒……使注意力集中……从而引起精神的疲劳……"三十年前，社交界中许多人也是这样谈论贝多芬的最后几部四重奏的。("过快地被人理解的东西维持不了多久。"陀思妥耶夫斯基在他的一封信里这样说。)

当然，这些带贬义的评价延缓了陀思妥耶夫斯基作品的翻译和出版、传播，事先就使读者气馁，使夏尔·莫里斯先生最初提供给我们一个残缺不全的《卡拉马佐夫兄弟》译本①，不过，它终究未能阻止陀思妥耶夫斯基的全部著作渐渐地由不同的出版社先后出版②。

---

① 在那之后，1906年，《卡拉马佐夫兄弟》的一个所谓全译本由夏尔邦蒂埃出版社推出发行，译者为比昂斯托克和托尔盖。——原注

② 现在，只剩下几部不太重要的短篇小说还有待翻译出版。在此，我们不妨列出一个已翻译成法语的作品的名单，以出版日期为序：
《穷人》(1844)；《双重人格》(1846)；《他人的妻子》(1848)；《疯狂的阶段》(《一颗脆弱的心》，1848)；《诚实的贼》(1848)；《涅朵奇卡·涅茨瓦诺娃》(1848)；《孩子的心灵》(1849)；《一个陌生人的手记》(1858)；《舅舅的梦》(1859)；《死屋手记》(1859—1862)；《被欺凌和被侮辱的》(1861)；《地下室手记》(1864)；《赌徒》与《白夜》(1848—1867)；《罪与罚》(1866)；(转下页)

如果说，迄今为止，陀思妥耶夫斯基只是在相当特殊的精英阶层中慢慢地赢得了读者，如果说，他使那些教养不够、不太严肃、略有善意的公众颇为反感——这些人同样也不大欣赏易卜生的戏剧，却会欣赏《安娜·卡列尼娜》，甚至《战争与和平》——或者使另外一些不那么与人为善、而赞赏尼采的《查拉图斯特拉如是说》的公众也颇为反感，那是不能归咎于德·伏居耶先生的。其中的原因相当复杂，研究陀思妥耶夫斯基的书信集，有助于我们找到其中大部分的原因。因此，我今天要谈的不是陀思妥耶夫斯基的全部著作，而仅仅是法兰西信使出版社 1908 年 2 月出版的那本新书（《书信集》）。

一

人们期望找到一个神，但触及的只是一个人——疾病缠身，贫困交加，终日劳累，而且完全缺少他极不喜欢的法国人身上有的那种伪品质——能言善辩。要谈论这样一本毫无修饰的赤裸裸的书，我心里只想做到公正不偏。如果有人想在其中找到艺术、文学或者精神上的某种娱乐，那我劝他们最好还是别读。

这些书信的文本通常很混乱、笨拙而又欠通顺，感谢比昂斯托克排除了美化译本的打算，没有试图弥补如此具有代表性

（接上页）《白痴》(1868)；《永恒的丈夫》(1869)；《群魔》(1870—1872)；《作家日记》(1876—1877)；《少年》(1875)；《俄罗斯圣诞》(1876)；《卡拉马佐夫兄弟》(1870—1880)。

此外，零散出版的还有一些作品的片段。——原注（所有译本的翻译者和出版者姓名略）

的这一笨拙[1]。

是的，最初的接触令人气馁。为陀思妥耶夫斯基做了传记的德国人霍夫曼表示，俄国出版商挑选的书信不太理想[2]，但我相信，书信的格调不会有什么太大的不同。就像眼下的这本书一样，开本很厚，令人窒息[3]，不是因为书信很多，而是因为每封信都是扭曲的。也许，我们还从来没见过文学家写出过这么糟糕的书信，我是指毫不做作的信。作为小说家，他能做到巧妙地“谈论别人”，但以自己的名义说话时，文理却那么混乱，

---

① 因此，我的全部引文都出自比昂斯托克先生的译文，我希望这些笨拙的文字，甚至文理不通的地方——有时它们还相当别扭——尽可能忠实地模仿了俄文本。但这一点我无法保证。——原注

② 看过陀思妥耶夫斯基的私人信件后，霍夫曼认为，作家的遗孀安娜·格里高里耶夫娜和作家的弟弟安德烈·陀思妥耶夫斯基，在挑选准备发表的书信时缺乏帮助。他们本来可以在保护作家隐私的前提下，用几封更亲密的书信，来代替许多只谈到了金钱的书信。那样做恐怕会更好。陀思妥耶夫斯基给他的第二位妻子安娜·格里高里耶夫娜写过不下于464封信，可它们全都没有发表。——原注

③ 这本书虽然很厚，但其实还可以更厚些。遗憾的是，在最初发表的那些书信之外，比昂斯托克并没有再收入后来在不同杂志上发表的信件。例如，为什么他只收入了在1898年4月的《田地》上发表的三封信中的第一封？为什么他没有收入1856年12月1日致弗朗热尔的信，至少是已发表的片断？陀思妥耶夫斯基在那封信中讲述了自己的婚姻，并希望这一可喜的生活变化能治愈他的抑郁症。尤其是，为什么没有收入1854年2月22日的那封非常精彩的信？它是很重要的，其译本曾经在1886年7月12日的《时尚》上发表（由阿尔佩里和莫里斯翻译）。不过，值得庆幸的是，比昂斯托克先生在《书信集》的最后附录了陀思妥耶夫斯基的《致皇帝的请求》、《时代》杂志的三篇序言、杂乱的《国外游记》（其中几篇涉及了法国），另外还有十分杰出的《论资产阶级》一文，但是，为什么他没有收入陀思妥耶夫斯基的辩护词《我的答辩》呢？这篇文章写于彼得拉舍夫斯基事件时期，八年前在俄国发表，法译本（译者罗森贝格）发表在《巴黎杂志》上。也许，应该间或加些注解，那会有助于读者的阅读，也许，再划分一下时期，以便更好地说明陀思妥耶夫斯基为什么长久沉默。——原注

思想似乎不是按照先后的顺序从笔底流出，而是一下子同时涌出来，或者说，就像勒南[1]所讲的那样，成了“枝杈繁杂的重担”，表达时肯定要擦伤自己，同时也会把一切都钩破，而这混乱的一大堆，一旦被掌握，就将服务于他小说结构的有力的复杂性。他创作小说时十分刻苦，一再修改，不知疲倦地从头再来，一页一页地重写，直到每一个故事都表现出它所包含的深刻灵魂；然而，在写书信时，他却很随便，大概什么也不删减，倒是经常改口，尽可能地快速，也就是说，没完没了。这就很好地说明了作品与生产作品的作家之间有着多么大的距离。灵感！哦，这浪漫主义的理想！平易近人的缪斯女神！你在哪里啊？——“一种长久的耐心”，如果要问，布封[2]的这几个不起眼的字词用在什么地方最合适，那就该是在这里了。

“你的理论是什么，我的朋友？”陀思妥耶夫斯基在初涉文坛时写信给他的哥哥说，“你认为画画应该一次完成？你什么时候相信这个的？我认为，普希金的诗，短短几行，既轻巧又优美，仿佛一气呵成，那正是因为，它经过了他的长期推敲和修改……即兴写出的东西是不成熟的。据说，莎士比亚的手稿上没有涂改的痕迹，正因为如此，这才出现了那么多别扭和粗糙的地方。要是他多多地推敲，那就会更好。”

这就是他全部书信的基调。陀思妥耶夫斯基用了最多的时间、最好的心情来创作，而他写信却从来不是出于乐趣。他经常说到，他“对写信感到一种可怕的、无法克服的、难以想象

① 厄内斯特·勒南（1823—1892），法国作家。

② 布封（1707—1788），法国博物学家、作家。

的厌恶”，“信是一种愚蠢的东西，根本不可能用来倾诉什么”。还有：“我什么都告诉你了，但我明白，关于最基本的东西，关于我的道德生活和精神生活，我什么都没对你说，我甚至都没有给你一个大约的概念。只要我们继续通信，情况就会是这样。我不会写信，我不会写我自己，恰如其分地写我自己。”他还说：“人们在信中是什么也表达不了的。因此，我始终无法忍受塞维涅夫人[①]，她的信好得实在过了分。”他还幽默地写道：“如果我下地狱，我肯定会因为罪孽而被判罚每天写十几封信。”这就是我们从这部阴沉的书信集中找到的唯一一句玩笑话。

因此，他只是在迫不得已的紧急时刻才写信。他的每封信（最后十年里写的信除外，那时的写信语气完全不同，我会在下文中专门讲到的），每封信中，他都是在呼喊：他一无所有了。他精疲力竭，他请求，不，是呼救……这是一种哀号，无止境的、单调的哀号。他的请求既不巧妙，更缺乏自尊和嘲讽。他在请求，却又不善于请求。他哀求，他催促，他一再固执地坚持，详细叙述自己的需求……他使我们想起圣方济各[②]《作品集》里讲的故事中，一个天使伪装成云游四方的旅人，来到斯波莱特山谷，大敲新诞生的修会的大门。据说，他那急匆匆的、长久的、猛烈的敲门声，使修士们十分气愤。修士马塞奥（我假定，他就是德·伏居耶先生）终于给他开了门，问道：“你是

① 塞维涅夫人（1626—1696），法国女作家，因其写给女儿的书信而闻名于世。

② 指阿西西的圣方济各（1182—1226），意大利人，天主教著名修士，创建圣方济各修会。

从哪里来的，为什么敲门时如此不讲礼貌?”于是，天使问道：“那么应该怎样敲门呢?”马塞奥回答说：“你要有间隔地敲三下，然后等着，要是还没有人来开门，你再继续敲……”“可是我实在很急。”天使回答说……

“我拮据得只想上吊，”陀思妥耶夫斯基写道，“我没有钱还债，也没有钱出去旅行，我完全绝望了。”——“到年底我会成为什么样子？我根本不敢想，我的脑子都裂开了。我再也找不到人借钱了。”(“你可懂得这是什么意思吗：无处可去?”陀思妥耶夫斯基笔下的一个人物说。）——“我写信给一个亲戚，向他借六百卢布，如果他不寄钱来，我就完了。”他的书信集中充满了这样的抱怨，或者类似的话语，我只是信手拈来而已……有时候，每半年他会重复一次这样的天真请求，如此一而再，再而三：“金钱在生活中是如此的重要，这是生命中绝无仅有的一次。”

晚年的陀思妥耶夫斯基沉醉于他的谦卑之中，也将它灌输给了自己笔下的人物。这是一种奇特的俄罗斯式的谦卑，它很可能跟基督教有关，然而，据霍夫曼说，它存在于每一个俄罗斯人的心灵深处——即使他没有基督教的信仰——而以尊严为美德的西方人，对此是永远也无法完全理解的：“他们为什么会拒绝我？我又不是强求，而是谦卑地恳求。”

也许这部书信集让我们产生了误解，因为，它所表现的，总是处于绝望状态中的写信的绝望人……不，他一到手的钱，立即就被他的债务给吞没了，因此，在他五十岁的时候，他写道："我一生都在为金钱写作，我一生都在穷困潦倒中度过；而眼前比任何时候都更穷。"债务……或赌博、混乱，以及他本能的、毫无节制的慷慨，使他二十岁时的同伴里森坎普这样谈论他："陀思妥耶夫斯基是这样的一种人，你和他在一起时很舒服，但他自己一生都很穷。"

陀思妥耶夫斯基五十岁时写道："三年多以来，这本未来要写的书（这里指他九年以后才写的《卡拉马佐夫兄弟》）使我日夜不安，但是我没有动笔，我想从容不迫地写，就像托尔斯泰、屠格涅夫、冈察洛夫那些人那样。但愿我至少有一本书是自由地写出来的，而不是被迫在一定的限期内完成的。"他后来又说："我不理解那些为了金钱而草率写出的作品。"不过，他说这话也是枉然，金钱问题始终在干预他的写作，他一直害怕不能及时交稿："我害怕没准备好，害怕延误，我本不想由于匆匆忙忙而耽误事情。当然，我的大纲是仔细地构思好了的，但是，过分的匆忙可能会破坏一切。"

由此，产生出了一种可怕的劳累过度，因为，既然他把艰难的忠诚视为自己的荣誉，他也就宁可累死也不愿交出不完善的作品。他在晚年时说："在我的全部文学生涯中，我总是不折不扣地履行诺言，从不食言，此外，我也从来不仅仅为了金钱，或者为了履行诺言而创作。"在同一封信的上文中，他这样写道："我在构思主题时，从来不是为了钱，不是为了履行在预定期限内交稿的义务。而当我的脑子里已经有了主题，我真正想写、非写不可时，我便承诺——而且预先卖出。"大约二十四岁时，在他最初写的某一封信中，他这样惊叹道："无论如何，我立下了誓言：即使将来一贫如洗，我也要坚持，决不按订单来写作。订单只会扼杀作品。订单只会葬送一切。我要求我的每一部作品都是完美的。”他可以坦然地说，他毕竟遵守了自己的诺言。

然而，他一生都怀着这个痛苦的信念：假如他有更多的时间，有更多的自由，他就能更好地表达自己的思想。“使我苦恼的是，假如我提前一年时间写小说，然后再用三个月时间来抄写和修改，那肯定是另一回事。”这或许是一种幻想，谁又能知道呢？如果有更多的闲暇时光，他会写出什么来呢？他还会追求什么呢？——或许会是一种更简洁的文体，一种对细节更完美的把握……其实，他最好的作品，就现在的这个样子，几乎在每一个部分都达到了很难想象能被超越的精确和显而易见。

要达到这一程度，你得下多大的功夫！“在某些地方，灵感突然爆发，如泉水涌出，仅此而已，然后，就剩下了十分艰苦的工作。”他哥哥曾有一次大概责备他写得不够“简单”，也就是说不够迅速，没有“任灵感信马由缰”，他当时还很年轻，便回答他哥哥说：“显然，你是将灵感，也就是对画面的即时的初次创作，或者心灵的冲动（这是常常发生的），跟工作混为一谈了。举例说吧，我的脑子中出现了一个场景，我立即把它记下来，并且我很高兴，然后，我要用几个月的时间，甚至一年的时间去修改它……结果当然要好得多。我当然愿意有灵感啦，没有灵感的话，你显然什么都做不成。”我不知道，我是不是应该为这么多的引文道歉，不过，读者也许会感谢我尽可能地让陀思妥耶夫斯基本人自己来说话。“最初，也就是去年年底（此信写于1870年的10月），我把这个东西（指小说《群魔》）看作已经研究好了，构建好了，我居高临下地俯视它。随后，真正的灵感出现了，突然，我爱上了它，这部作品，我双手紧紧地捧着它，我开始删除最初写下的东西。”他还写道（1870年）：“整整一天，我没有做别的事情，只是在撕毁和修改……大纲至少修改了十遍，第一部分整个儿重写。两三个月之前，我处于绝望之中。最后，一切终于都组织好了，不能改动了。”但是，即便这时候，仍然有一个挥之不去的念头：“如果当初我有时间从容不迫地写，不受期限的约束，很有可能会写出杰作来。”

每一本书都使他感到焦虑，对自己不满意。

“小说很长，有六个部分（《罪与罚》）。11月底，已经有很大一部分写完了，一切都准备好了；我把稿子都烧了！现在，我承认我不喜欢那稿子。一种新的形式、新的提纲吸引了我。我又开始重写，没日没夜地写，但进展很慢。”他在另一处写道：“我工作，但什么都没做成。我整天都在撕毁。我十分气馁。”另一处：“我整天工作，脑子发蒙，犯傻。”另一处：“我在这里（旧鲁萨）像苦役犯那样工作，虽然室外是一片大好春光，我应尽情地享受。我夜以继日地埋头写作。”

有时候，一篇简单的文章也像一本书那样使他狠下功夫，因为，事情无论是大是小，他都会全力以赴地去做：

“我一直把它（指回忆别林斯基的那篇文章，后来失传）拖到现在，总算咬着牙写完了……写十页小说都比写两页文章要容易！这篇倒霉的文章，我先后写了至少有五遍，时不时地把写好的删掉，从头修改。总算好赖对付着把它写成了。但写得很糟糕，让我恶心。”

陀思妥耶夫斯基对自己思想的价值，一直抱定了坚定的信心，即使对他最好的作品，他也不满意，而是要求严格：

“我很少写过更新鲜、更完整、更独特的东西（《卡拉马佐夫兄弟》）。我这么说并非出于骄傲，因为我指的只是主题，只是我脑子里的思想，而不是指写作实践，实践由上帝决定，我可以破坏它，这在我是常有的事……”

他在另一处又写道：“不论我写的东西有多么糟糕，多么恶劣，对我这个可怜人，对我这个作者而言，小说的思想，以及我为之而付出的劳动，是世界上最珍贵的东西。”

他在创作《白痴》时写道：“我不满意这本小说，甚至感到厌恶。我试图竭尽全力工作，但做不到，因为我心里难受。现在我在努力地写第三部分。如果写好了这本书，我是会康复的，否则，我就完了。”

他不但写出了被德·伏居耶先生认可的三部杰作，还写了《地下室手记》《白痴》《永恒的丈夫》，然而在努力写新的主题（《群魔》）时，他仍然在叫喊：“应该写一点严肃的东西了！”

在他去世的那一年，他还第一次给N夫人写道：“我知道，作为作家，我有很多缺点，因为我自己第一个就对自己不满意。您可以想象，我在做自我反省的某些时刻，常常痛苦地看到，我所表达的东西不是我原本想表达的，我能表达的只是我想表达的东西的二十分之一。是习惯性的希望救了我，有一天，上帝将赋予我很多的力量和灵感，我将能更完全地表达，总之，我能把心灵和幻想中所包含的一切都展现出来。”

这离巴尔扎克，离巴尔扎克的那种自信和那种不求完美的粗枝大叶有多么遥远！福楼拜曾对自己如此苛刻过吗？曾经经历过如此艰苦的斗争、如此狂烈的劳动吗？我想未必。福楼拜的苛求纯粹是文学性的。如果说，福楼拜在其书信中首先讲述的是自己的劳动，那是因为他喜欢这种劳动，虽然不能说他对此加以了吹嘘，但至少他是以此为荣的；同时，那也是因为福楼拜取消了其他的一切，认为生活“是一件极其丑陋的事，忍受它的唯一办法就是避开它”，并将自己比作“烧毁乳房以便拉弓的阿玛宗女骑士”①。而陀思妥耶夫斯基却什么也没有取消，他有妻子儿女，他爱他们；他不蔑视生活。从苦役犯监狱中出来时，他写道：“至少，我已经生活过了；我痛苦，但我毕竟生活过了。”面对自己的艺术，他表现出了忘我的精神，这种精神虽然不那么高傲，不那么自觉，未经过深思熟虑，却更为悲壮，更为崇高。他喜欢引用泰伦提乌斯②的话，认为人类的一切对他都不应该是陌生的：“人没有权利回避和忽视世上的一切，在这一点上，存在着最高的道德理性：Homo sum，et nihil humanum. 等等③。”他毫不回避自己的痛苦，而是充分地承受它们。当他的第一个妻子和他的哥哥米哈伊尔在几个月的时间内相继去世

① 阿玛宗女骑士是西方传说中的一族女子，擅长骑马作战，年轻时自毁右侧乳房，以便拉弓。

② 泰伦提乌斯（公元前190—前159），古罗马作家。

③ 这里的拉丁文省略了后半句，原文为：“Homo sum，et nihil a me humanum alienum puto.”意思是：“我是人，人类之事没有不关乎我的。”

时，他这样写道：“于是，突然间，我又变成孤独一人，我感到恐惧。真是太可怕了！我的生活被折成两段，一段是过去，以及我生活的一切理由，另一段是未知数，没有一颗心能代替两位死者。严格地说来，我已经没有生存的理由了。建立新的联系？创造一种新的生活？仅仅是这样想一想，就让我觉得恶心。于是，生平中第一次，我感到我没有任何什么可以替代他们，在这个世界上，我爱的只有他们，而一种新的爱不仅不会有，而且也不应该有。”但是，就在半个月之后，他却写道：“在我勇气和精力的所有储备中，在我的心灵深处，仍然存在着某种纷乱的、模糊的东西，某种近乎绝望的东西。纷乱，苦涩，对我来说最为反常的状态……而且，我孤独一人！……然而，我似乎始终准备着生活下去。这很可笑，不是吗？真是猫的生命力！”他那时候四十四岁；不到一年，他又结了婚。

二十八岁时，他被关押在要塞中，等待发配去西伯利亚，当时他写道：“现在我知道，我身上原来储备着取之不尽的生命力。”后来，他在西伯利亚结束了苦役生活，刚刚娶了寡妇玛利亚·德米特里耶夫娜·伊萨耶娃，便在书信中（1856 年）这样写道：“现在，已经不像以前了，在我的工作中充满了那么多的思考，那么多的努力，那么多的活力……在这六年期间，我有过那么多的活力和勇气用来斗争，还带着无比的痛苦，而我却没有办法弄到足够的钱来喂饱我自己和我的妻子，这一切可能吗？算了吧，没有人知道我的力量有多么大，我的才能有多么高，而我靠的正是这些！”

但是，咳！他要抗拒的不仅仅是贫困！

“我工作时几乎总是神经质，焦虑，烦躁。当我工作太多时，我就真的病倒。”“最近，我实际上是在夜以继日地工作，尽管我的病不时发作。”在另一封信中：“我的病发作起来会要了我的命，每次发作之后，我得用四天的时间，才能让我的思绪稳定下来。”

陀思妥耶夫斯基从不隐瞒自己的病。他那“神圣痛苦”的打击也来得太频繁了！以至于他的一些朋友，还有一些不相干的人，有时成了目睹现场的证人。斯特拉霍夫曾在他的《回忆录》中给我们讲述了那样的一个发病场景。他跟陀思妥耶夫斯基一样，并不认为癫痫病有什么可耻的地方，除了引起写作上的某些困难之外，并不表现为精神上或智力上的某种“低下”。即便在第一次给一些女性通信者写信时，陀思妥耶夫斯基也会对自己迟迟没有复信表示道歉，并且天真地、直接地说：“我刚刚忍受了我的癫痫病的三次发作，以前从来没有发作得如此剧烈，如此频繁。在发作之后的两三天里，我什么工作都做不了，我不能写，甚至不能阅读，因为我的心灵和躯体全都垮了。所以，我现在请求您原谅，您已经知道是什么原因了，请原谅我迟迟没有给您回信。”

这一疾病，在他去西伯利亚之前就已经有了，在苦役营中犯得更重了，去国外旅行时稍有缓和，但再度发作时更凶猛。“当这毛病久不发作时，突然发作一次就特别厉害，让我的情绪低落到极点。我陷于绝望之中。以前（他写这封信时五十岁），发作后低落的情绪会持续三天，现在，则要持续七八天。”

尽管癫痫病发作，他还是紧紧地抓住工作，努力不懈地完成自己承诺的事："已经预告了，在杂志（《俄罗斯通报》）的四月号中要刊登我的续集（《白痴》），可我还没有写完，只写了无关紧要的一章。到时候，我给他们寄什么呢？我真的不知道！前天，我又犯病了，犯得很厉害。但是，昨天，我还是写了一点，在几乎疯狂的心态中写的。"

假如，发病之后他只感到难受和痛苦，那还真算不了什么。"可是，咳！让我绝望的是，我再也不能像以前那样，像不久之前那样快速地工作了。"有好几次，他抱怨说，他的记忆力和他的想象力都在减退。在他五十八岁时，也就是逝世前两年，他写道："很久以来，我就注意到，我越是前进，我的工作就越是困难。因此，我常常生出一些总是难以抚慰的想法，一些阴郁的想法……"而这一时期，他在写作《卡拉马佐夫兄弟》。

去年，当波德莱尔的书信集出版时，蒙代斯先生曾经慷慨陈词表示抗议，而且夸大其词地提到了艺术家的"道德廉耻"，等等。而我在阅读陀思妥耶夫斯基的书信集时，不禁想起了那句据传为基督本人所说的精彩话，它在不久前传得很广："当你们重新赤身裸体时，当你们不再感到羞耻时，天国就将来临。"①

无疑，总会有一些生性敏感、廉耻心容易被触动的文人，跳出来反对出版私人书信和隐秘文献，他们只希望看到伟人的正面形象。他们在这些书信中似乎只看重一种沾沾自喜，那是

① 此言出自所谓的伪经《多马福音》(1897 年首版)。

平庸之辈因英雄的书信中暴露的那些与自己相似的缺点而产生的沾沾自喜。因此，这些文人就说，这样的出版物“很不得体”，或者用浪漫主义的语气说，这是在“挖祖坟”，至少，这也是一种不健康的好奇心。他们说：“不要来碰作者，只有作品才是要紧的。”——显然如此！但是，令人赞美的，让我受到了无穷教益的是，*尽管如此*，他还是写出了作品。

我不是在为陀思妥耶夫斯基写传，而仅仅是根据书信集提供的材料，为他画一个肖像。我只谈到了他自身的那些局限，我想我还可以谈谈那些局限中的持续不断的苦难，那种苦难跟他是如此的紧密相依，似乎成了他天性的一种秘密需求……但是，一切都对他冷酷无情。尽管他自幼体弱多病，却在刚刚开始文学生涯时就被认为适合于服兵役，而他那比他强壮得多的哥哥米哈伊尔却退了役。他不巧进入了嫌疑分子集团中，遭到逮捕，被判死刑，后来被赦免，发配到西伯利亚服刑，在那里一待就是十年，四年在苦役营，六年在塞米巴拉金斯克当列兵。在那里，兴许不是出于我们一般人认为的伟大爱情①，而是出于一种炽热的同情心，出于怜悯、柔情、献身需要，以及他那承担一切而毫不回避的天性，他娶了一个苦役犯伊萨耶夫的遗

① “啊，我的朋友！她深深地爱着我，我也深深地爱着她，然而，我们生活在一起却并不幸福。当我见了你的面后，我会告诉你那一切的。你只需要知道，尽管我们在一起很不幸福（由于她古怪、多疑的性格，近乎病态的反复无常），但我们无法不继续相爱下去。甚至可以这样说，我们越是不幸福，就越是彼此唇齿相依。这可能显得有些奇怪，但事情确实如此。”（在他妻子死后写给弗朗热尔的信）——原注

孀[①]，她当时已经有了一个很大的儿子，这孩子是个游手好闲的无赖，从此就由陀思妥耶夫斯基来抚养。“假如您问到我的情况，我怎么回答您好呢：我承担了家庭的苦恼，我一直在苦熬着。但我想，我的生命还没有结束，我还不打算去死。”他的哥哥米哈伊尔死后，其家庭成员也由陀思妥耶夫斯基来抚养。他只要有点积蓄，就投入到他所创办、维持、领导的那些报纸杂志中[②]，另外，把可能有的余暇也一齐搭进去：“当时必须采取一些有力的措施。我开始在三家印刷作坊同时出版；在金钱、健康、精力功夫上，我毫不吝惜。我一个人担当一切。我看校样；我跟作者们、跟书报检查官们打交道；我修改文章；我找钱；我一直站着工作到清晨六点钟，只睡五个小时的觉。最后，我终于使杂志走上了正轨，但为时已晚。”确实，杂志避免不了破产的命运。“但是，最糟糕的，”他接着写道，“我一方面像苦役犯那样工作，一方面却不能为杂志写任何文字；没有一行字是以我的名义写的。读者根本就看不到我的名字，不仅在外省，而且在彼得堡，公众并不知道是我在主持杂志。”

没关系！他继续下去，坚持不懈，从头开始。什么都不能让他灰心，不能让他垮掉。在他生命的最后一年，他还在继续斗争，不是与公众舆论斗，因为他最终已经赢得了它，而是跟报纸上的反对派斗争：“我在莫斯科说了一番话（指他关于普希金的演说），您瞧一瞧，几乎所有的报纸是如何对待我的，仿佛

---

① 此处似乎有误，根据罗斯曼《陀思妥耶夫斯基传》，伊萨耶夫并非苦役犯，只是一个社会地位低下的税务员，不务正业，生性嗜酒。

② 德·伏居耶先生是这样说的：“为了捍卫他认为自己具有的思想。”——原注

我在哪家银行里偷窃或诈骗了钱似的。就连乌康采夫本人（当时的一个著名诈骗犯）受到的谩骂都不如我来得多。”

然而，他追寻的并不是一种奖赏，促使他行动的，也不是作家的自尊心或者虚荣心。在这一方面，最能说明问题的，是他接受他最初的辉煌成就时的方式。他这样写道：“我从事文学已经有三年了，我已经晕了头。我不在生活，我没有时间思考……人们为我创建了一种可疑的名望，而我不知道这一地狱将持续到什么时候。”

他是那么地坚信自己思想的价值，以至于他作为人的价值也与之紧紧混杂在一起，并消失于其中。“我对您做什么了？”他这样写信给他的朋友弗朗热尔说，“值得您如此地爱着我？”在他生命的晚年，他这样写信给一个陌生的女性通信者：“您认为我是解放心灵、拯救灵魂、驱赶痛苦的人吗？许多人给我写信，但是我相信，我恐怕只能引起他们的失望和厌恶。我很少能够抚慰别人，尽管我有时候也能这样做。”然而，在这个如此痛苦的心灵中，蕴藏着多么深厚的温柔！他在西伯利亚写信给哥哥说：“我每夜都梦见你，我成天提心吊胆。我不愿意让你死去；我想在我的有生之年再一次见到你，并且拥抱你，我亲爱的。请看在上帝的分上，让我安心吧。请看在基督的分上，假如你身体健康的话，你就放下你的一切事情、一切烦恼，马上给我写封信，因为，不然的话，我会发疯的。”

至少，在这里，他是不是要找到某种支撑？“请尽快给我写信，仔细地给我说一说。你觉得我哥哥怎么样（这是他于1856年3月23日从塞米巴拉金斯克写给弗朗热尔男爵的信）？他对我是怎么想的？以前，他是那么地爱我！他跟我告别时痛哭流涕。他没有冷落我吧？他的性格改变了吗？这会让我多么的悲伤！……他把过去的一切都忘了吗？我不能相信。但是，如何解释他一连七八个月都没有来信呢？……[①] 再说了，我看到他身上已经没有了太多往日里的那种真诚！我将永远也忘不了他对K所说的话，当时，我曾托K转告他，让他照看一下我。他在信中写的是‘*他还是留在西伯利亚为好*’。”没错，陀思妥耶夫斯基这样写了，但是，这句令人寒心的话，他只求人们把它给忘了；我刚才引用了一些片段的那封给米哈伊尔的精彩的信，写在这封信之后；此后不久，他写信给弗朗热尔说：“告诉我的哥哥，我紧紧地拥抱他，我请求他原谅我给他带来的一切苦难，我要跪在他的面前。”1855年8月21日，他写信给他哥哥本人（这封信比昂斯托克也没有翻译发表）说：“亲爱的朋友，当我在去年10月的信中向你做同样的抱怨（关于你的沉默）时，你回答我说，你很难读得下去。哦，我亲爱的米沙！看在上帝的分上，请不要埋怨我！想想我孤独一人，像

① 在苦役营的四年中，陀思妥耶夫斯基始终没有收到过自己家人的来信。1854年2月22日，即他被释放前的十天，他给他哥哥写了西伯利亚书信中我们所知道的第一封信，这封精彩的信，我却没能在比昂斯托克先生翻译的书信集中找到。他的信中写道：“看来，我终于能够跟你更长久地、更安全地交谈了。但是，首先，看在上帝的分上，我要问你，为什么你没有给我写上哪怕只言片语？我万万想不到会这样！在我的监狱中，在我的孤独中，有多少次，我感到了真正的绝望，我想到，你兴许已经不在这个世界上了！我整夜整夜地思考你的孩子们的生活，我诅咒命运让我无法伸出手来帮助他们……难道人们禁止你给我写信？但是，这是被允许的！所有的政治犯每年都能收到好几封信……但是，我相信我猜出了你的沉默的真正原因：那就是天然的冷漠……”——原注

一粒被遗弃的石子，我的性格始终是那么的阴郁、病态、喜怒无常；想想这一切，假如我的抱怨是那么的不公正，我的设想是那么的荒诞，就请原谅我吧。我第一个就相信是我错了。”

兴许霍夫曼是对的，西方读者面对如此谦卑的忏悔，会嗤之以鼻；我们那带有浓重西班牙色彩的文学总是教导我们，要在永远不忘侮辱中见出一种高贵性格来！……

那么，这样的一位“西方读者”，读到以下这句话时会说什么呢？陀思妥耶夫斯基说过：“您写道，所有的人都爱沙皇。那么，我也爱他。”当陀思妥耶夫斯基写下这句话的时候，他还待在西伯利亚。这是一种反讽吗？不是，在书信中，他反复提到“皇帝是无比的善良和慷慨”；当他在十年之后，在同一封信中请求允许他返回圣彼得堡，同时接受他的养子保尔入学时，他这样写道：“我反复考虑过了，假如他们拒绝我的一个请求，他们也许不好意思拒绝另一个，假如皇帝不准许我在圣彼得堡生活，那么他也许会同意给保尔一个学籍，以免把一切都拒之门外。”

确实，如此的顺从让人困惑。虚无主义、无政府主义，甚至社会主义，都从中得不到任何的好处！什么！竟然没有一丝一毫造反的呐喊吗？假如不反沙皇的话——因为对沙皇最好还是要尊重——那么，至少也应该反对社会，反对他从中出来时已年老体衰的监狱，难道不是吗？那么，请听他是如何说的：“关于这四年中我的心灵和我的信仰，我的精神和我的情感，我就不说了，因为一说起来话就太长了。我用以躲避残酷现实的那些沉思，不会是没有用的。我现在怀有的欲望和希望，是过去根本无法预料的。”[1] 还有：“我请求你，不要猜想我还像我最近几年里在彼得堡时那样忧郁不堪，那样疑虑重重。一切都彻底过去了。此外，是上帝在指引着我们。”最后，多年后，在1872年致S. D. 雅诺夫斯基的一封信中，他承认了那样一种非凡的情感：“您是那么地爱我、照顾我，我这前往西伯利亚之前精神上有病的人（因为我现在承认自己有病），我的病在那里痊愈了。”（引文中的异体字是陀思妥耶夫斯基本人强调的）

竟然没有一句抗议的话！有的反倒是感激！就像约伯被永恒之神的手折磨，却从他口中得不到一句亵渎神圣的话[2]……这个殉道者实在令人气馁。他因了什么信仰而活着？是什么信念在支撑着他？——兴许，通过研究陀思妥耶夫斯基的书信集中表现出来的他的观点，我们将能够理解他在公众中不太成功的那些秘密原因，理解他的不走运，理解他为什么迟迟地留在这荣誉的炼狱之中。

二

陀思妥耶夫斯基无党无派，惧怕派系之争。他写道：“我思考得最多的事情是，我们的共同思想是由什么构成的，不论我们各自的倾向有多么不同，我们会在哪一点上相遇。”他深深地坚信，欧洲的“各种对抗的因素在俄罗斯思想中调和了起来”，

---

① 1854年2月22日致米哈伊尔的信，没有被比昂斯托克收入到《书信集》中。——原注

② 约伯的故事，见《圣经 · 旧约 · 约伯记》。

他，作为一个如他自称的“老俄罗斯欧洲人”，他以全身心的努力，致力于这一俄罗斯的统一，而所有的党派都应该融于对国家和人类的巨大的热爱之中。他在一封寄自西伯利亚的信中写道：“是的，我同意您的观点，俄罗斯将完结欧洲，这是它的使命本身。这对我来说向来是显而易见的。”在另一封信中，他说到俄罗斯就像一个空闲的民族，“有能力站在全人类共同利益的最前列”。假如，出于一种信念，兴许还是一种过于早熟的信念，他对俄罗斯人民的重要性抱有一种幻想（这可不是我的思想），那根本不是基于一种沙文主义的自负，而是基于他作为俄罗斯人而具有的一种直觉，他认为，他对分裂欧洲的各派系的不同激情和不同理由有着深刻的理解。谈到普希金时，陀思妥耶夫斯基赞扬他具有“人类普遍同情心的能力”，但他又补充说：“这一天赋，他恰恰是跟我们的人民一起来分享的，正是因为这一点，他才是民族的。”他把俄罗斯灵魂看成是“欧洲一切倾向的一个调解地”，他甚至这样高喊道：“哪一个真正的俄罗斯人不会首先想到欧洲！”甚至说出这样一句惊世骇俗的话：“俄罗斯流浪汉需要人类的普遍幸福才能得到安宁。”

他深信，“俄罗斯未来作用的特点，应该是在泛人类的最高层面上，而俄罗斯思想兴许将是欧洲在其不同的民族中持之以恒努力发展的所有思想的综合”。他常常把目光转向外国，他对法国和德国所作的政治判断和社会判断，对我们来说，是他书信集中最有趣的部分。他在意大利、瑞士、德国旅行并逗留，甚至滞留了好几个月，原因很简单，最初是渴望多多地了解，后来，则由于持续不断的经济困难，或是没钱继续旅行和还清新债，或是害怕回俄罗斯后被债主告上法庭……他在四十九岁时写道：“我的健康状态不好，要是被监禁的话，我怕连半年都经受不了，更何况我无法工作。”

但是，一到了国外，他就怀恋俄罗斯故乡的空气，怀恋与俄罗斯人民的接触。对他来说，无论是在斯巴特，在托莱多，在威尼斯，都没有故乡的那种空气，他都无法适应。有一段时间，他无论到哪里都郁郁寡欢。他写信给斯特拉霍夫说：“啊！尼古拉·尼古拉耶维奇，我简直无法向您表达，我在国外生活感觉有多么的难受！”没有一封流亡中的信不表达这种抱怨：“我必须回到俄罗斯，我在这里烦闷得要死……”就仿佛，他本来是在那里尽情地汲取着他作品所需的神秘营养，而现在，一旦根系从俄罗斯的土壤中被拔出，他就失去了元气。“我没有了写作的兴趣，尼古拉·尼古拉耶维奇，或者说，我写作起来十分痛苦。这究竟意味着什么，我实在弄不太明白。我只是想，这是因为我需要俄罗斯。无论如何，必须回国。”另一处，他写道：“我需要俄罗斯，为了我的工作，为了我的作品……我十分清楚地感觉到，无论我们生活在哪里，在德累斯顿或是在别的什么地方，那都无关紧要，我始终是在异国他乡，脱离了祖国。”还有：“假如您能知道，我在这里，是那么地感到自己是个无用的人、外乡人……我变得愚蠢和狭隘，我丢失了俄罗斯的习惯。没有俄罗斯空气，也没有俄罗斯人。总之，我根本就不能理解那些俄罗斯移民。那都是一些疯子。”

然而，他却是在日内瓦，在沃韦写的《白痴》，在德累斯顿写的《永恒的丈夫》和《群魔》。这又有什么关系！“您对我在这里的工作说了一些金玉良言，确实，我在这里落后了，不是从世纪进展的观点来看，而是从我们国内发生的情况来看（我当然比你们更清楚这一点，因为，每一天，我都会从头到尾地读三份俄罗斯报纸，我还收到两份杂志），但是，我这样会脱离生存的活泉；不是它的思想，而是它的精髓本身。这大大地影响了艺术创作工作。”

因此，这种“人类普遍同情心”始终伴随着一种热情的民族主义，并因之而强化，而在陀思妥耶夫斯基的思想中，这种民族主义是它不可或缺的补充。他不知疲倦地、毫不懈怠地反对当时被那边的人们称为“进步主义者”的那些人，也就是说（请允许我在此借用斯特拉霍夫的定义），“那些政客，他们期待促进俄罗斯文化的进步，但不是通过民族资源的有机发展，而是通过仓促地吸取西方教导”。——“法国人首先就是法国人。英国人首先就是英国人。他们的最高目标是保持自身的原样。这就是他们的力量所在。”他反对“那些将俄罗斯人的根基拔掉的人”，他不等巴雷斯①冒出来，就警告那位大学生，“他脱离了社会，抛弃了社会，不是走向人民，而是走向别处，去国外，进入欧洲主义，进入从未存在于世的世界人的绝对统治中，以这样的方式与人民决裂，蔑视人民，误解人民”。他跟巴雷斯一样，反对“不健康的康德主义”，他在给自己主编的杂志写序言②时写道：“从国外引入的思想无论有多么丰富，它都无法在

① 莫里斯·巴雷斯（1862—1923），法国小说家、评论家、政治家。作品《离开了根基的人》写背井离乡的年轻人的生活。

② 即《当代》杂志，比昂斯托克把这篇序言作为附录收在了陀思妥耶夫斯基的《书信集》中。——原注

我们这里生根和驯化，无法真正地对我们有用，除非，我们的民族生活在毫无外界的启示与推动下，自然而然地、切切实实地从自身中产生出这种思想来，以满足大家必然的需求。世界上没有任何一个民族，没有任何一个多多少少比较稳定的社会，是按照一种从国外进口的命令程序而构成的……”在巴雷斯的作品中，我也没有见到比他更为断然和坚决的宣称。

但是，与此紧密相连的，是我很遗憾地并没有在巴雷斯那里发现的思想：“能够在一段时间里脱离自己的土壤，以便不带任何成见地看待自己，这是一种很强烈的个性的标志，与此同时，能带着善意来看待外国，这是最伟大的、最高贵的天赋之一。”此外，陀思妥耶夫斯基似乎并没有预见到，这一学说会把我们引向何等的盲目：“要让法国人清醒，要阻止他自认为是天下第一，这是办不到的。更何况，法国人对天下的事知道得很少……而且，他还不想知道。这是他们全民族的共同特点，很有代表性。”

幸运的是，由于他的个人主义，他跟巴雷斯截然不同。而与尼采相比，他对我们来说倒是一个很好的例子，足以表明，对自身价值的这一信念，有时候并不伴随有多少的自满自得和自命不凡。他写道：“世界上最困难的，莫过于保持本身的原样。”还有：“不应该为了任何目的而糟蹋生命。”因为，对他来说，没有了爱国主义，没有了个人主义，他也是没有办法来服务于人类的。假如，我刚才引用的这些话会使某些巴雷斯分子信服的话，那么，下面的引语若不能引起他们的反感，那就怪了。

让我们来读一读这些话：“在新人类中，美学概念是混乱的。

建立在实证主义之上的社会的道德基础，不仅没有产生什么结果，而且也不能确定自己，只能在欲望和理想中摸索。要想证明社会不是这样建立起来的，证明那些道路并不通向幸福，证明幸福并不像人们以为的那样来自它，难道事实还远远不够吗？但是，幸福到底是从哪里来的呢？人们写了那么多的书，人们却忘记了最基本的东西：在西方，人们失去了基督……因为这个，只是因为这个，西方衰落了。”读到这段话的时候，法国的天主教徒会鼓掌的……不过，我刚才故意删掉了那几个关键的词：“人们失去了基督——由于天主教主义的过失。”那样一来，请问，哪一个法国天主教徒还敢于被这书信集中所包含的虔诚的眼泪而打动呢？即便陀思妥耶夫斯基想“向世界显示一个俄罗斯基督，在世上默默无闻，其原则包含在我们公认的教义中”，那也是枉然，因为，法国的天主教徒，出于他们自己的正统教义，会拒绝听他的。陀思妥耶夫斯基后来又说：“在我看来，这就是我们未来文明化力量的原则，是我们使整个欧洲死而复生的原则，是我们未来力量的整个精髓。”但这样说依旧枉然，至少在今天是枉然的。

同样，如果说，陀思妥耶夫斯基让德·伏居耶先生在他的身上看到了“对思想、对丰满人生的竭力反对”，看到了一种“对愚痴、对漠然、对消极的神圣化”，等等，那么我们在陀思妥耶夫斯基给他哥哥的信（未被比昂斯托克收入《书信集》中）中，却读到这样的话：“人们会对我说，这是一些简单的人。但是，一个简单的人要远比一个复杂的人更为可怕。”一个少女渴望“成为一个有用的人”，向陀思妥耶夫斯基表示她想当一个护士或者一个助产士，他这样给她回信说："……通过有计划地接受教育，人们就是在准备一种更有用一百倍的活动……"他还说："您接受高等教育难道不是更好吗？……我们的大多数专家是一些并没有多少知识的人……我们的大多数男女大学生根本就没有什么教养。他们能够为人类带来什么好处呢！"当然，我并不需要读这些话语也能明白，德·伏居耶先生实在是弄错了，但是，人们毕竟还是可能误会了。

同样，我们实在很难说，陀思妥耶夫斯基到底是赞成还是反对社会主义；因为，一方面霍夫曼确实有理由说："社会主义者，如果从这个词最人道的意义上来说，那陀思妥耶夫斯基始终就是这样的人。"然而，另一方面，我们同样也在他的书信集中读到："……已经侵蚀了整个欧洲……"

是保守派，却不是传统主义者；是保皇派，同时又是民主派；是基督徒，却又不是罗马教廷的天主教徒；是自由派，却又不是"进步分子"，陀思妥耶夫斯基始终是一个人们不知道如何使用的人。人们在他的身上发现让各个党派都不满意的东西。因为，陀思妥耶夫斯基从来就没有相信过，他有着完成他使命的一切智力，或者说，为了当前的即时目的，他有权利让这一无限微妙的工具倾斜、歪曲。他写道："说到所有这些可能的倾向（异体字是他自己强调的）——它们汇集成了一种对我的欢迎（1876 年 4 月 9 日）——我本来是想写一篇文章，好好说一说由这些信件引起的感受……但是，经过对这篇文章的考虑后，我突然发现，我根本不可能真诚地来写它；而假如没有真诚的话，那还有什么写的必要呢?”他这是想说什么?无疑，是这一点：要写出这篇既使人们皆大欢喜，又能确保成功的文章，就必须歪曲自己的思想，使它极端地简化，最终把他的信念推到超越自然的地步。而这，是他断然不能同意的。

出于一种不太生硬的、跟他思想简单的正直性相吻合的个人主义，他只同意介绍自己的思想时要展示其复杂的完整性。他在我们这里的不成功，或许可以归咎于这个最重要也是最隐秘的原因。

我并不是在暗示说，伟大的信念通常总是带有某种不太正直的推理；不过，它们往往不需要什么智力；而巴雷斯先生实在是太聪明了，不会不马上明白到，要想让一种思想迅速地流行在世界上，人们不应该公平不偏地阐明它的各个方面，而只应该坚决地推行它的某一方面。

要让一种思想获得成功，就必须单独地提出它来，或者不如说，假如你们愿意的话，要想获得成功，就必须单独地提出一种思想来。找到一个好的模式还不够，还必须钻进去不再出来。公众在面对每个名称时，都愿知道它们所指的到底是什么，他们忍受不了让他们费脑子琢磨的东西。当他们听到巴斯德这一名字时，他们总愿意立即能想到：是的，狂犬病。听到尼采的名字呢?想到超人。居里夫人?镭。巴雷斯?大地与死者。甘东①?原生质。完全就像是一说到波尼布斯②，马上就想到的

① 勒内·甘东（1867—1925），法国生物学家，研究海洋生物的起源。

② 波尼布斯是法国著名的芥末和腌黄瓜制造商，现在已经成了一个著名品牌。

是他的芥末。而帕芒蒂埃[1]，由于他“发明”了土豆，仅此一点，就使他变得赫赫有名，甚至比他假如发明了整个菜园中的所有品种还要更有名。

陀思妥耶夫斯基差点儿在法国获得成功。当时，德·伏居耶先生发明出了“对痛苦的崇拜”这一称号，并由此为他在《罪与罚》最后几章中找到的学说贴上标签。《罪与罚》中存在着这个学说，这一点我很愿意相信，而且这个标签模式找得也很贴切……可惜的是，它并不能彻底地涵盖作者本人，他从各个方面都要超越出来。因为，即便陀思妥耶夫斯基是这样的一个人，对他来说，“只有一件事是必须做的：认识上帝”，那么，至少，这一对上帝的认识，他是想通过自己的作品，在自己充满人性的、充满焦虑的复杂性中来做到。

易卜生也不是随随便便就能简化的，作品中疑问多于肯定的那些作家，情况大致也一样。易卜生有两部戏剧赢得了相对的成功：《玩偶之家》和《人民公敌》，这不是由于它们的卓越，成功来自于易卜生在其中加入的所谓的结论。其实观众对作者并不那么满意，因为作者并没有找到某种明显的解决办法。他们认为，这是不确信造成的罪过，是思想的懒惰，或者信念的微弱。而更经常的情况是，品尝到很少一点点智力后，他们就断定这一信念充满了暴力、坚韧，以及单调的肯定。

我不想再扩大本来就已经十分广泛的话题，今天，我并不

---

① 安托万·帕芒蒂埃（1737—1813），法国军医和农学家。

寻求明确陀思妥耶夫斯基的学说；我只想指出它所包含着的被西方人认为是矛盾的东西，因为西方人不怎么习惯这种对极端相反的东西的调和。陀思妥耶夫斯基始终坚信，在民族主义和欧洲主义之间，在个人主义和自我牺牲之间，这些矛盾只是表面的。他认为，如果只明白这一重要问题许多侧面中的一面，那么，对立的各派别离真理都是一样的遥远。请允许我在这里再次引用他的话，它无疑将比任何的阐释都更能说清楚陀思妥耶夫斯基的立场："难道必须失去个性才能达到幸福吗？拯救存在于抹却之中吗？要我说，恰恰相反。不仅不应该抹却自身，而且还应该成为一个个性，甚至要达到一个比西方还更高的程度。请理解我的话：自觉自愿的牺牲，在充分的意识中、自由地独立于任何强制的牺牲，为所有人的利益而做的自我牺牲，在我看来，这正是个性最高发展的标志，是它最高级的标志，标志着对自身的一种完美拥有，一种最大的自由意志……一种彻底发展的个性，十分坚信自己有成为一种个性的存在权利，不再为自己担心，不能拿自己做任何别的事，也就是说，只能服务于一个用途，只能为其他人而牺牲自己，好让所有的其他人都成为同样自由而又幸福的个性。这是自然法则：正常的人都要达到这一点。"①

这个答案，基督早就教导给他了："凡想保全生命的，必丧失，凡奉献生命的（出于对自我的爱），必真正救活性命。"②

---

① 引自《国外游记》中一篇叫《论资产阶级》的文章。比昂斯托克先生很有道理地把它收入在了他翻译的这部《书信集》中。——原注

② 参见《圣经·新约·路加福音》第 17 章第 33 节。译文稍有出入。

1871年到1872年的那个冬天，五十岁的陀思妥耶夫斯基返回彼得堡，他在给雅诺夫斯基的信中写道："应该承认，衰老已经到来；但是，我不怎么想它，我还准备再写（当时他准备写《卡拉马佐夫兄弟》)，发表一些最终能让我满意的作品；我还等待着生命中出现新东西，但是，很可能我已经收获了一切。我对你谈到我；是啊，我是那么的幸福。"人们在陀思妥耶夫斯基的全部生活中，在他的作品中，感觉到潜伏着的，正是这一幸福，这一超越了痛苦的欢乐。尼采早就彻底地嗅到了这一欢乐，而我最怪罪于德·伏居耶先生的，恰恰是他没能觉察到这一欢乐。

陀思妥耶夫斯基在这一时期写的信，突然改变了语气。他以前的那些通信者，现在都跟他一样居住在彼得堡，他现在不再是给他们写信，而是给一些陌生人，给一些临时的通信者，他们找他往往是为了求得指点、安慰、引导。在这里要援引的话恐怕得援引全部了，最好还是让读者自己去读书信集吧。我写这篇文章，无非也就是为了让我的读者自己去读。

终于，陀思妥耶夫斯基摆脱了可怕的金钱上的烦恼，在他生命的最后几年中重新主编《作家日记》，不定期出版。1880年11月，也就是他去世之前三个月，他写信给著名的阿克萨科夫说："作为朋友，我向您承认，我打算从明年起就出版《日记》，我常常跪着，久久地向上帝祈祷，求他赐给我一颗纯洁的心，一番纯洁的话语，没有罪孽，没有欲望，不激不恼。"

德·伏居耶先生在这部《日记》中，只看到"晦涩的赞歌，既不是分析，也不是论战”，但是，幸运的是，俄罗斯人民在其中看出了别的东西。陀思妥耶夫斯基能够感觉到，他的那个排斥了武断统一的精神统一的梦想，已经围绕着他的作品实现了。

他逝世的消息一传开，思想界这个既一致又紊乱的状态便明显地表现了出来。如果说，一开始有“一些颠覆分子计划抢夺他的尸体”，但人们很快就看到，“俄罗斯其实掌握着那样一种意外融合的钥匙，当一种民族的思想点燃了它的热情时，一切的派别，一切的敌对势力，帝国中一切零星分散的碎片，都被这位死者团结在了共同的热情之中”。这句话正是出自德·伏居耶先生之口，我很高兴，在对他的论著表示了那么多的保留态度之后，能够在此援引他这些高贵的话。他还写道：“人们谈论老沙皇们时说过，是他们‘聚集’了俄罗斯的土地，而这位精神国王则聚集了俄罗斯的心。”

而现在，在欧洲进行着的，正是这样的一种精神集结，缓慢的、几乎神秘莫测的集结，尤其是在德国，陀思妥耶夫斯基的作品在那里一版再版，在法国也一样，那里，新的一代人比德·伏居耶先生那一代人更能承认并欣赏他作品的价值。让他的成功姗姗来迟的那些神秘的原因，也将让他的成功变得更为持久。

在老鸽棚剧院纪念陀思妥耶夫斯基诞辰一百周年大会上的讲话[①]

为纪念陀思妥耶夫斯基诞辰一百周年在老鸽棚剧院所作的这次发言，可被看作某种导言。其后，我应雅克·科波[②]的学校之约，将做六次讲座。

女士们，先生们：

几年前，陀思妥耶夫斯基的崇拜者还寥寥无几，但是，世界上的事情往往就是那样，最初的一批崇拜者都是精英，而且他们的人数在不断壮大，以至于到今天，连我们这个老鸽棚剧院都显得不够大，容纳不下所有那些人了。我今天首先要探讨的是，为什么如今还有人对陀思妥耶夫斯基的杰出作品那么反感。因为，要战胜一种不理解的最好的办法，就是把它看成是出自真心的，并努力去理解它。

---

① 1921年，在纪念陀思妥耶夫斯基诞辰一百周年的大会上，纪德发表了讲话，次年，纪德在学术研讨会上又重新宣读了这篇讲话，并应雅克·科波的邀请，在他的学校中做了六次关于陀思妥耶夫斯基的讲座，深入剖析了陀思妥耶夫斯基的文学思想、艺术风格。纪德关于陀思妥耶夫斯基的这些论述，被公认为是研究陀思妥耶夫斯基的珍贵资料。此篇和接下来的六次讲座，均原载《纪德全集》第十一卷。

② 雅克·科波（1879—1949），法国作家、演员、艺术活动家。他曾和纪德等人一起创办《新法兰西评论》(1909)，后又创建了老鸽棚剧院及其演员剧团(1913)。后来，他还创办了戏剧学校。

人们以西方人的逻辑出发谴责陀思妥耶夫斯基，我看主要是他笔下人物的性格，他们往往不合情理、优柔寡断，而且几乎总是不负责任。他们的形象因而可能显得乖戾和疯狂。有人说，他表现的并不是现实的生活，而是一些噩梦。我认为这么说是完全错误的。但是，我们不妨暂时接受它，还可以像弗洛伊德那样回答说，我们的梦其实比白日的行为更真实。不过，我们并不满足于这样的回答，我们还是来听听陀思妥耶夫斯基本人是怎么谈论我们的梦的吧。他说："我们的梦充满了荒谬性和不可能性，但你们立即接受它，几乎并不感到惊奇，即便在另一方面，你们的智力发挥着一种不同寻常的威力。"他继续说："为什么当你们从梦中醒来，又回到现实世界中时，你们几乎总是感到，有时甚至还非常强烈地感到，梦在离你们而去时带走了一个未被你们猜破的谜呢？梦的荒唐让你们微笑，同时你们却又感到，这荒唐的外表中包裹着一个想法，一个真实的想法，某个属于你真实生命的东西，某个存在着的东西，始终存在于你们心中的东西；你们会认为，在你们的梦中找到了一种期待已久的预言……"①

陀思妥耶夫斯基关于梦的这一番话，我们将应用到他自己的作品中去，但这并不是说，我一下子就赞成把他的那些故事跟某些荒诞的梦境相提并论，而是说，当我们从他的书中醒来时，我们也一样感觉到——即便我们的理智拒绝给予一种完全的赞同——我们感觉到，他刚刚触及了某个"属于我们真实生

① 见《白痴》卷二。——原注

活”的隐秘点。我想，这样我们就找到了解释，知道了为什么某些聪明的学者会以西方文化的名义，拒绝承认陀思妥耶夫斯基的才华。因为，我马上就注意到，在我们整个的西方文学中，我说的不仅仅是法国文学，而是整个西方文学，小说——除了极其个别的例外——关注的只是人与人之间的关系，激情的或者理智的关系，家庭、社会、社会阶级之间的关系，但从来都不关注，几乎从来都不关注个人与自己，或者与上帝的关系，而在陀思妥耶夫斯基的作品中，最后的那种关系要超过其他一切关系。霍夫曼夫人①写过陀思妥耶夫斯基的传记（据我所知，这是写得最好的一部传记，只可惜没有翻译过来），其中就引用了一个俄罗斯人的话，她认为，那句话能帮助我们更好地感受俄罗斯灵魂的一大基本特点，我也认为，没有任何什么比这句话更能说明我想要说的话了。当那位俄罗斯人被指责不守时间时，他很严肃地反驳道：“是啊！生活是困难的！有些时刻需要人认认真真地去过，这要比按时赴一次约会远远重要得多。”在这里，个人的私生活要比人与人之间的社会关系更重要。陀思妥耶夫斯基的秘密正好就在这句话里，你们不觉得吗？它让某些人觉得他是如此的伟大，如此的重要，而又让其他许多人觉得他是如此的难以接受。

我绝对不是想说，西方人，法国人，完全地、彻底地是一种社会的生物，只是穿了社交礼服才存在于世的：帕斯卡的

① 霍夫曼夫人，在纪德于1908年写的《从〈书信集〉看陀思妥耶夫斯基》中，所提到的陀思妥耶夫斯基传记的作者是“德国人霍夫曼”，并没有说她是个女性。

《思想录》摆在那儿，《恶之花》摆在那儿，这些严肃而又孤独的书也是法国人的作品，跟我们法国文学中的另外一些作品一样。但是，某种类型的问题，焦虑啊，激情啊，关系啊，则似乎应该留给伦理学家、神学家、诗人去解决，而小说根本就不必去过问。在巴尔扎克的所有作品中，《路易·朗贝尔》无疑是最不成功的；无论如何，它只是一篇独白而已。陀思妥耶夫斯基所创造的奇迹是，他的每一个人物——他创造了整整一大批人物——首先是依据自己才存在的，这些富有内涵的人物的每一个，都带着各自特殊的秘密，为我们展现了他们复杂的内心问题；陀思妥耶夫斯基的奇迹还在于，他的每一个人物所体验、所经历的，恰恰正是这些问题，我或许应该说，这些问题恰恰是依靠了每一个人物才得以存在的——这些问题互相碰撞，互相斗争，形成了人的模样，然后在我们的眼前走向死亡，或者走向胜利。

无论多么高深的问题，陀思妥耶夫斯基的小说都敢涉及。但是，这句话刚刚说出口，我就必须马上补充说：他从来不以抽象的方式来涉及它，在他的小说中，思想永远是依靠了个体的存在而存在的；思想永恒的相对性就在于此，思想的威力同样也在于此。某个人终于想到了上帝，想到了天命和永恒的生命，只是因为他知道，再过不几天，或者再过几个钟头，他就要死了（《白痴》中的希波利特），而在《群魔》中，另一个人建立了整整一套形而上学的体系（尼采的思想已经在这个体系中萌芽），只是由于他要自杀，因为他必须在一刻钟之后杀死自己。听他这样说话的时候，人们根本就不知道，他是因为必须自杀才想到了这些，还是因为他想到了这些才必须去死。最后，还有另外某一位，梅什金公爵，他最异常的直觉，他最神圣的直觉，只有在他癫痫症即将发作时才能产生。从这些观察出发，我现在根本不想得出任何的结论，而只想说明一点：陀思妥耶夫斯基的小说，作为思想最丰富的一种小说——我本来想说的是书籍——从来都不是抽象的，而始终是我所知道的最富有生命力的小说和书。

因此，无论陀思妥耶夫斯基的人物多么具有代表性，我们却从来看不到他们脱离人性，而成为所谓的象征。他们也从来不是什么典型，如同在我们的古典戏剧中那样；他们始终是个人，跟狄更斯笔下最有特点的那些人物一样特殊，与任何一种文学中的任何一个人物肖像一样，被描绘得同样有声有色。请听这样一段话：

> 有那么一些人，我们一开始很难就说得出他们最显著的特点是什么；他们正是那种通常被称为"普通"人、群众的人，而实际上，他们正是人类的大多数。我们故事中的好几个人物，就属于这个广大的类别，特别是加布列尔·阿达廖诺维奇。

这确实是一个我们很难揭示其特点的人物。且看作者是怎么提到他的：

> 几乎是从少年时期起，加布列尔·阿达廖诺维奇就时

> 常为自己的平庸而苦闷，而与此同时，他还受到一种不可抑制的欲望的折磨，一心想证明自己是一个上等人。他充满强烈的渴望，可以说天生就是神经敏感、易于烦躁的命，而且他还相信自己欲望的力量，因为它们十分猛烈。他那种一心想出人头地的冲动有时会使他做出最轻率的冒险，但是到了最后一刻，我们的这位主人公就变得过于理性，不能痛下决心。这一点简直要了他的命。①

这就是陀思妥耶夫斯基对一个最不起眼的小人物的描绘。我们还必须补充说，其他的人物，近景中的大人物，他就不去描绘他们，而是让他们在整本书的过程中自己来描述自己，而且，描画出的肖像还在不断变化，永远没有完成。他的主要人物永远处在成型的过程中，始终难以从阴影中彰显出来。我顺便还注意到，在这一点上，他跟巴尔扎克实在是太不相同了，巴尔扎克最基本的考虑，似乎永远是人物的完美结果。巴尔扎克的描绘类似大卫，而陀思妥耶夫斯基的描绘类似伦勃朗，他的那些画属于一种如此强有力的、而且常常还是如此完美的艺术，以至于在它们的后面，在它们的旁边，是不会有太深的思想深度的，我认为，陀思妥耶夫斯基将永远是所有小说家中最伟大的一位。

---

① 见《白痴》卷二。——原注

关于陀思妥耶夫斯基的六次讲座

我不认为应该重写这些讲话，这些文字是根据当时的速记稿整理的，只有个别地方做了修改。假如重新整理的话，我担心我会剥夺掉许多自然的东西，另外硬加上一些所谓的格调。

一

大战前不久，我准备为夏尔·贝玑①的《丛刊》写作一部《陀思妥耶夫斯基传》，我决心按照罗曼·罗兰的《贝多芬传》和《米开朗琪罗传》的榜样来写，因为，那确实是两部极其出色的专题论著。但是战争来了，我不得不把原先为此准备的笔记搁到一旁。很长时间里，我忙于其他的事务，沉湎于其他的烦恼，我几乎已经放弃了我的写作计划，但是最近，为了纪念陀思妥耶夫斯基诞辰一百周年，雅克·科波请我在老鸽棚剧院的纪念大会上做了一次发言。于是，我又拿起了那一沓笔记，重新读了一遍。隔了一段时间再来读，我觉得，我在那上面记录下来的思想很值得我们注意；但是，要把它们阐释清楚，一部传记所要求的那种编年史顺序的写法并不是最好的。那些思

① 夏尔·贝玑（1873—1914），法国作家。

想，陀思妥耶夫斯基在他的每一部伟大作品中把它们编织在一起，形成像厚厚的发辫那样的东西，我们往往很难将它们理清，但是，我们在一本书到另一本书中，到处可以发现它们。它们对我十分重要，更何况我把它们变成了我自己的思想。假如我一本书一本书地来讲，我将无法避免重复的叙述。那么，最好还是采取其他的方式。通过从一本书到另一本书地追寻这些思想，我试图把它们归纳出来，透过表面上的杂乱，尽可能清楚地掌握它们，并且向你们进行阐述。陀思妥耶夫斯基的思想，是心理学家、社会学家和伦理学家的思想，因为陀思妥耶夫斯基本身既是心理学家，又是社会学家和伦理学家——当然，他首先是个小说家。我的讲话中要谈的，正是这些思想。但是，由于在陀思妥耶夫斯基的作品中，这些思想从来不以原始的状态出现，而是附属于表达了这些思想的一个个人物（由此，恰好产生了它们的混乱性和它们的相对性）；另外，还因为，我自己也在考虑尽可能地避免抽象化，尽可能地给予这些思想以生动的形式，所以，我想首先跟你们谈一谈陀思妥耶夫斯基其人，谈谈他生活中的几个事件，这将有助于我们更好地显现他的性格，有助于我们更好地勾勒出他的形象。

我原先打算，为我在战前准备写的那部传记前面加一篇导言，首先来分析一下一般人对这位伟人的通常评价。为了说明这一点，我本来会把陀思妥耶夫斯基跟卢梭做一番比较，而这个比较不会是武断的：他们两人的天性确实有着很深刻的一致——无怪乎卢梭的《忏悔录》对陀思妥耶夫斯基产生了一种巨大的影响。但是，在我看来，卢梭从他生命的一开始起，就已经被普鲁塔克[①]毒害了。通过普鲁塔克，卢梭自己对伟人就形成了略带几分浮夸和张狂的概念。他在自己的面前摆上了一尊想象中的英雄的雕像，他自己一辈子都在尽力地效仿它。他试图成为他想显现的那种人。我同意说，他对他自己的描绘是真诚的；但是，他老是在考虑自己的行为举止，那是一种傲慢在支配着他的言行。拉布吕耶尔[②]以下这段话说得再精彩不过了：

> 虚假的伟大是愤世的、难以接近的：它感到了自己的软弱，所以躲藏起来，或许至少也不正面出现，只在迫不得已之时才勉强露面，以吓唬一下人们，它从来不暴露本相，也就是说，从来不显露其真正的渺小。

如果说，我在这段话里面没有认出卢梭的面目，那么相反，当我读到下面这段话时，我却联想到了陀思妥耶夫斯基：

> 真正的伟大是自由的、温和的、随便的、通俗的；它让人触摸，让人摆弄，即便被人从近处细看，它也不会有丝毫的损伤；人们越是了解它，就越是赞赏它。它出于好意向下层卑躬屈膝，然后又毫不费力地恢复自然状态；有时候，它放任自流，不修边幅，在优势中放松懈怠，但始终能够重新获得优势，并善于加以发挥……

---

① 普鲁塔克（约公元46年—120年），罗马帝国时代的希腊作家，以《希腊罗马名人传》一书闻名后世。

② 让·德·拉布吕耶尔（1645—1696），法国作家，著有《品性论》。

的确，在陀思妥耶夫斯基身上，从来没有过矫揉造作，也没有过装腔作势。他从来不把自己看成是一个超人；再没有比他更谦卑、更富人情味的人了；我甚至认为，一个高傲的人实在是无法完全理解他的。

谦卑这个词不断出现在他的《书信集》和作品中：

> 他为什么会拒绝我呢？我根本就不是在强求，我只是在谦卑地恳求。（1869 年 11 月 23 日的信）
>
> 我不强求，我谦卑地恳求。（1869 年 12 月 7 日）
>
> 我发出最谦卑的请求。（1870 年 2 月 12 日）

“他常常以某种谦卑让我吃惊”，《少年》中的少年这样谈到他的父亲。当他试图弄明白他父亲和他母亲之间可能有过的关系，以及他们爱情的性质时，他想起了他父亲的一句话：“她出于谦卑而嫁给了我。”①

我最近读到了亨利·博尔多先生②的一篇采访录，其中的一句话稍稍有些让我惊讶：“首先要努力去认识自己。”采访者恐怕是理解不了的——当然，一个自我探寻的文学家是在做一种很大的冒险，这就是找到自我的冒险。从此以后，他就只写冷冰冰的、符合自己的、果断的作品了。他模仿他自己。假如

① 《少年》。——原注

② 亨利·博尔多（1870—1963），法国作家，写小说、散文、剧本，天主教信仰坚定。

他知道他的线条、他的界限，那是为了不再超越它们。他不再害怕显得不真诚，他害怕显得前后不一。真正的艺术家在创作时，总是处于对自己的半无意识中。他实际上并不知道自己是谁。他只有透过自己的作品，以自己的作品，在自己的作品之后，才能真的认识自己……陀思妥耶夫斯基从来就没有寻找过自己，他只是狂热地投身于自己的作品之中。他迷失在他书中的每一个人物身上，因为，在他们每个人的身上，我们都能找到他。过一会儿，我们将看到，一旦他要以自己的名义来说话，他就该有多么笨拙；而相反，当他本人的思想通过人物的口来表达时，他又是多么雄辩啊。他正是通过赋予人物以生命，才找到了他自己。他就活在他们每一个的身上，他这样把自己交托给了人物的多样化，其最初的效果，就是保护了自身的前后不连贯。

我不知道还有哪一个作家比陀思妥耶夫斯基还更充满自我矛盾，更前后不连贯；尼采会说，这是“对立性”。如果他不是一个小说家，而是一个哲学家的话，他可能会更有条理地把自己的思想理顺，但那样一来，我们就会失去最好的东西了。

陀思妥耶夫斯基生活中的事件，无论它们多么具有悲剧性，也还是一些表面上的事件。使他激动不安的激情，似乎深深地震撼了他；但是，在此之外，永远还留有一个私密的区域，一个连种种事件、种种激情都无法达及的区域。关于这一点，他的一句短短的话会给我们以启迪，只要我们把这句话跟另一段文字做一个比较的话。他在《死屋手记》中写道：

> 没有一个人活着而没有一个目的，并为实现这一目的而付出某种努力。目的和希望一旦消失，忧虑就常常会把人变成一个魔怪……

但是，这时，他兴许对这一目的有所误会，因为，他立即就在下文中说：

> 我们所有人的目的，就是自由，就是走出苦役营。①

这是他在1861年写的。而这就是他当时认定的一个目的。当然，他因可怕的囚禁而痛苦不堪（他在西伯利亚待了四年，又服了六年的强迫兵役），他痛苦不堪；但是，一旦他重获自由，他就能意识到，他真正的目的，他真正希望得到的自由，是某种更为深刻的东西，它跟从监狱中释放出来并无什么关系。在1877年，他写了这句非凡的话，我愿将它与我刚才读的那一段做个比较：

> 不应该为了任何目的而糟蹋生命。②

如此，在陀思妥耶夫斯基看来，我们每个人都有一个高级的、秘密的——甚至对我们自己来说也往往是秘密的——生存理由，它完全不同于我们多数人为自己的生命制定的外在目的。

---

① 《死屋手记》。——原注
② 《书信集》。——原注

但是，我们首先还是来看看这个人，看看这位费奥多尔·米哈伊洛维奇·陀思妥耶夫斯基是什么样的人吧。他的朋友里森坎普是这样描绘他的，那是在1841年，他当时二十岁：

> 一张圆圆的脸，胖嘟嘟的；一个稍稍有点上翘的鼻子；浅栗色的头发，剪得短短的。一个很大的脑门，稀疏的眉毛底下，是两只小小的灰眼睛，深深地凹进去。脸颊苍白，上面有雀斑。一脸病恹恹的神态，几乎发灰，嘴唇隆起得很厉害。

人们有时候说，他的癫痫病的最初发作，是在西伯利亚时期；但是，在他被判刑之前，他实际上已经病了，只是到了那里之后，病情越来越严重罢了。“一脸病恹恹的神态”，陀思妥耶夫斯基的健康状况从来就没有太好过。然而，就是他，这个身体虚弱、小病小痛不断的人，被指定去服兵役，而他那位身强力壮的哥哥，却获准免予服役。

1841年，即他二十岁那年，他被任命为士官。他那时正准备考试，要在1843年获得军官头衔。我们知道，他作为军官的俸禄是三千卢布，而且他还在父亲死后继承了遗产，但由于他的生活十分自由放荡，此外还要负责最小的弟弟的生活费用，他竟落得个债台高筑的下场。金钱的问题在他的书信中被不断提到，甚至比在巴尔扎克的书信中还更紧迫。直到他的晚年，这个问题在他的生活中始终扮演了重要的角色，只是在他逝世前几年，他才真正摆脱了拮据的困境。

最初，陀思妥耶夫斯基过着一种放荡的生活，他终日出没于剧院、音乐厅，看话剧，看芭蕾舞。他无忧无虑。有一次，他租下了一套公寓，只因为出租房屋的人的模样讨他喜欢。他的仆人偷他的东西，而他也乐于被偷。运气的或好或坏，常常使他变得喜怒无常。他的家人和朋友见他无法过正常的日子，便希望他跟他的朋友里森坎普一同居住。他们对他说："你好好地学一学这个德国人的有条不紊吧。"里森坎普比费奥多尔·米哈伊洛维奇·陀思妥耶夫斯基大几岁，是个医生。1843年，他来彼得堡定居。那时候，陀思妥耶夫斯基正好身无分文，靠着赊账买面包和牛奶，来维持生活。"费奥多尔是那样的一种人，跟他在一起你活得很开心，但他总是缺钱。"里森坎普在一封信里这样写道。于是，他们住到了一起，但是陀思妥耶夫斯基显然是个很难缠的伙伴。里森坎普明明让他的病人在客厅里等候，而陀思妥耶夫斯基则冒昧地去接待他们。每当某个病人显出可怜的模样时，他就用里森坎普的钱来接济他，或者，当他自己有钱时，就用自己的钱来接济。某一天，陀思妥耶夫斯基刚刚收到从莫斯科寄来的一千卢布，就赶紧拿去还了一些债，然后，当天晚上，他就拿剩余的钱去赌博了（据他自己说，是去赌台球了），于是，第二天早上，他不得不又向他的朋友借上五个卢布。我忘了说，他最后的五十个卢布被里森坎普的一个病人偷走了，当时，陀思妥耶夫斯基在一种友谊的激情冲动下，把那个小偷请进了自己的房间。1844年3月，里森坎普和费奥多尔·米哈伊洛维奇分手，后者也并不见得有什么好转。

1846年，他发表了《穷人》。这本书当即获得了巨大成功。陀思妥耶夫斯基本人谈到这一成功时的口气颇为令人深思。我们不妨来念一念当时的一封信：

> 我真是晕头转向了，我好像并不活着，我没有时间思考。人们为我创造了一个值得怀疑的盛名，而我还不知道，这一地狱会持续到什么时刻。①

我这里谈的只是最重要的那些事件，我略去了好几部意义不那么重大的作品。

1849年，他和一群嫌疑分子被警察逮捕。这便是所谓的彼得拉舍夫斯基事件②。

我们很难说清楚，陀思妥耶夫斯基当时的政治观点和社会观点到底是什么。说到他与那些嫌疑分子交往的原因，无疑应看到智力上的极大好奇，还有某种心地上的慷慨，这些都促使他去轻率地冒险，但是没有任何迹象能让我们相信，陀思妥耶夫斯基曾是所谓的无政府主义者，是一个威胁国家安全的危险分子。

他的《书信集》和《作家日记》中的许多段落，为我们显示了他的一种完全相反的观点。而整整一部《群魔》，则为我们

---

① 《书信集》。——原注

② 指1849年4月彼得拉舍夫斯基小组的主要领导人遭沙皇政府逮捕并流放。彼得拉舍夫斯基小组是圣彼得堡的一个进步知识分子的组织，彼得拉舍夫斯基（1821—1866）是领导人之一。他们在政治上要求消灭封建农奴制度，思想上受十二月党人、别林斯基、赫尔岑和傅立叶等的影响，宣传唯物主义和社会主义，但带有空想性。陀思妥耶夫斯基为其中的自由主义派。

展现了一场对无政府主义的审判。但是，他毕竟是跟那些聚集在彼得拉舍夫斯基周围的嫌疑分子一起被捕了。他被监禁，被审判，被判处了死刑。直到最后一刻，死刑才被改判为苦役，他被发配去了西伯利亚。所有这一切，你们全都已经知道了。在我的这几次讲座中，我只想对你们讲一讲在别的地方无法得知的东西。但是，你们中可能还有些人不太熟悉那些事件，我还是愿意给你们读几段有关他的判决和他的监狱生活的信。我觉得它们很富有启示意义。通过对他内心焦虑的描绘，我们可以看到，一种将支撑他一辈子的乐观主义在不断表现出来。以下就是 1849 年 7 月 18 日的信，是他在等待着判决时在监狱中写的：

> 在人的身上，有着坚韧度与生命力的一种巨大潜力，说真的，我原来并不相信它们会有那么多。而现在，我从亲身的经验中知道了。

然后，在 8 月份，他疾病缠身的时候：

> 丧失勇气实在是一种罪过……尽力地工作，con amore[①]，这才是真正的幸福。

还有，1849 年 9 月 14 日的信：

---

① 意大利语，意为“带着爱”。

> 我早先想的更糟糕，现在我知道，我身上原来储备着取之不尽的生命力。[①]

现在，我给你们读一下12月22日他那封短信的几乎全文：

> 今天是12月22日，我们被带到谢苗诺夫校场，在那里，他们向我们全体宣读了死刑判决书，他们让我们亲吻了十字架，他们在我们的头顶上折断利剑，他们还给我们做了最终的清理（给我们换上了白衬衣）。然后，他们把我们中的三个人捆到木桩上，准备行刑。我是第六个，他们是三个一组三个一组地处决的，因此，我就是第二批，我只有一小会儿时间可活了。我回想起了你，我的哥哥，想起了你们全家人。在我生命的最后一刻，我脑子里想到的人只有你。于是，我明白到，我原来是多么爱你啊，我亲爱的哥哥！我还有时间拥抱普列斯切夫和杜罗夫，并向他们告别，他们就在我的身边。最后，响起了撤离的信号，他们放回了已经被绑在木桩上的人，他们向我们宣读了沙皇陛下的赦令。我们得救了。

我们在陀思妥耶夫斯基的小说中，不止一次地读到对死刑和对犯人生命最后一刻的影射，或直接或间接的影射。不过我

---

① 《书信集》。——原注

现在不能在这个问题上延误时间。

在出发前往塞米巴拉金斯克之前，他有半个钟头向他的哥哥告别。据一个朋友的说法，他倒比他的哥哥更平静，他对哥哥说：

> 我在监狱里的那些朋友，他们可不是野兽，而是人，他们兴许比我还更好，比我还更有德行……好了，我们会再见面的；我希望如此，我不怀疑。不过，你要给我写信，要给我寄书来；我会写信告诉你我需要哪些书。在那里，人们总还有权利看书吧。

(编年史作者补充说，这是安慰哥哥的虔诚的谎言。)

> 等我一出来，我就要动手写作；在这几个月时间里，我经历了很多事；而在即将到来的那些时间里，什么样的事我会看不到、我会体验不到啊！对将来的写作来说，素材是绝对不会缺少的。

此后在西伯利亚的四年中，陀思妥耶夫斯基不被允许给家人写信；至少，我们手头的《书信集》中没有一封信是那个时期写的，而且在1883年出版的奥雷斯特·米勒编的《文献》中，也没有我们提到的这一时间的任何书信。但是，自从《文献》出版后，陀思妥耶夫斯基的许多书信被发现并公开，以后可能还会有一些书信出来。

据奥雷斯特·米勒的说法，陀思妥耶夫斯基于1854年3月2日出狱；而据正式文件，他于1月23日出狱。

档案提到了费奥多尔·陀思妥耶夫斯基的十九封信，是从1854年3月16日到1856年9月11日写给他哥哥、他的亲戚朋友的，那段时间，他在塞米巴拉金斯克服役当列兵。比昂斯托克先生只翻译了其中的十二封，我不知道出于什么原因，他竟没有翻译1854年2月2日那封精彩的信，这封信的译文发表于1886年第12和13期的《时尚》上（如今已经绝版），而今年的2月1日，《新法兰西评论》重新刊登了这篇译文。正因为它没有收入到陀思妥耶夫斯基的《书信集》中，所以请诸位允许我在此读其中的几个长段落：

1854年2月2日

> 看来，我终于能够跟你更长久、更安全地交谈了。但是，首先，看在上帝的分上，我要问你，为什么你没有给我写上哪怕只言片语？我万万想不到会这样！在我的监狱中，在我的孤独中，有多少次，我感到了真正的绝望，我想到，你兴许已经不在这个世界上了！我整夜整夜地思考你的孩子们的生活，我诅咒命运让我无法伸出手来帮助他们。

由此可见，他内心中最痛苦的，不是感到自己被遗弃了，而是无法伸出援助的手。

怎样向你表达我脑子中的一切想法？让你理解我的生活，理解我所获得的信念，还有这段时间里我在忙的事情，那是不可能的。我做事情不喜欢半途而废：只说出一部分真理，就等于什么都没有说。以下至少是这一真理的精髓：假如你**善于阅读**的话，你就将得到全部的真理。我应该把这一故事归功于你，现在，我就开始汇聚我的记忆了。

我亲爱的，我的朋友，我最好的朋友，你记得我们是怎么分别的吗？一旦你离开了我之后，他们就把我们三个人全带走了，杜罗夫、雅斯特尔杰斯基和我，还给我们戴上了镣铐。正是在午夜，正是在圣诞节期间，我第一次戴上了镣铐。镣铐足足有十斤重，行走时十分不便。然后，他们让我们坐上敞篷的雪橇，三人分别乘坐，每人由一个宪兵押送（押送官独自乘一辆，一共是四辆），我们就这样离开了圣彼得堡。

我心情沉重，思绪万千，我仿佛被一阵旋风卷走，只感到一种死一般的绝望。但是清新的空气让我精神抖擞，**如同每一次的生活变故那样，我自身的强烈感受本身，就让我鼓起了勇气来，以至于过了不一会儿，我就恢复了平静**。我开始好奇地眺望起我们正在穿越的圣彼得堡来。家家户户都点燃了节日的灯火，我一一地向它们告别。我们经过了你的家门。克罗列夫斯基的家灯火通明。我当时变得万分忧伤。我听你说到过，那里有一棵圣诞树，叶米丽娅·捷奥多罗夫娜要带孩子们到那里去；我觉得我是在跟他们告别。我是多么地想念他们啊！多年之后，我每次想起他们来，还是禁不住热泪盈眶。

我们前往雅罗斯拉夫尔。经过三四站之后，我们于黎明时分停在了施里瑟尔堡，进了一家小旅店中。我们纷纷扑向热茶，仿佛我们已经有一个星期没吃东西了。八个月的监禁，加上六十俄里的路程，使我们胃口大开，**至今我回想起来都痛快淋漓**。**我开心极了**。杜罗夫说个不停。至于雅斯特尔杰斯基，他认为前途渺茫。我们试探押送官的口风。这是一个好心的老头，很有经验，曾经带着邮件穿越过整个欧洲。他怀着一种人们难以想象的和善与仁慈对待我们。在整个旅途中，他对我们而言确实十分珍贵。他的名字叫库斯玛·普罗克雷奇。他为我们提供了不少方便，其中包括给我们弄到了带篷的雪橇，这可是让我们欣喜异常的事，因为天气实在太冷了。

第二天是一个节日，当地的驿站马车夫穿上了德国人的灰色呢子大氅，还系上了鲜红的腰带。村子里的街上空无一人。这是一个阳光明媚的冬日。我们穿越属圣彼得堡、诺夫哥罗德、雅罗斯拉夫尔等州的荒凉地带。一路上只有一些不起眼的小村镇，零零星星，稀稀拉拉，但是，由于是节日，我们还是到处都能找到吃的和喝的。尽管我们穿得很多，还是感到刺骨的冷。

你无法想象，一动不动地在雪橇上待上十个钟头，一天只能走上五六站路，是一件多么难以忍受的苦事。我一直冷透到了心，即便到了暖和的房间里，也好久好久都不能缓过来。在彼尔姆州，我们度过了一夜，气温低达零下四十度。我劝你别做这样的尝试，实在是太难受了。

过乌拉尔山实在是一场灾难。遇上了一场暴风雪。马和雪橇都陷在了雪中；我们只得下了雪橇，当时已是夜晚，只有等人来把马和雪橇拉出来。在我们的周围，只有雪、风暴、欧洲的边界；在我们的前方，是西伯利亚和神秘莫测的未来；在我们的身后，是我们全部的往昔。真叫人伤心透了。我哭了。

在沿途经过的村庄，全村人全都出来看我们，虽然我们戴着镣铐，住店时却要我们付三倍的钱。但是库斯玛·普罗克雷奇为我们付了大约一半的开销：他坚持如此，所以我们……我们每个人只付了十五个银卢布。

1850 年 1 月 11 日，我们到达托博尔斯克。在把我们介绍给了当地长官后，他们搜了我们的身，他们拿走了我们所有的钱，他们把我们——我、杜罗夫和雅斯特尔杰斯基关在一处，而斯皮切纳和他的朋友们则被关在另一处：就这样，我们几乎没有见过面。

我很想跟你详细地谈谈我们在托博尔斯克度过的六天，以及它给我留下的印象。但是现在不是时候。我只能对你说，**我们被极大的亲切和极大的同情所包围，我们感到万分幸福**。老犯人们（或者还不如说不是他们，而是他们的妻子）像对待亲人那样地关照我们。他们有着多么美好的心灵！经历了二十五年的苦难而丝毫不改其坦荡正直。我们只能隐约看见他们，因为我们被监视得很紧。她们给我们送来穿的和用的生活物品。她们安慰我们，鼓励我们。

我动身时什么都没带，甚至连必要的换洗衣服都没有，一路上一直在后悔不已……因此，我很高兴地接受了她们为我们弄来的盖毯。

最后，我们又动身了。

三天之后，我们来到了鄂木斯克。

还在托博尔斯克时，我们就听说了我们未来的顶头上司是什么人。司令官是一个十分正直的人。但是克里夫佐夫要塞的副官是一个少见的坏蛋，他野蛮、古怪、爱吵架、爱酗酒，总之一句话，你想象他有多坏，他就有多坏。

我们到达的当天，他就骂我们，骂杜罗夫和我是笨蛋，因为我们被判了刑，他还发誓说，只要我们违反规定，他就会毫不客气地体罚我们。他当了两年的要塞副官，在众目睽睽下干尽了坏事。两年之后，他果然被法院传讯了。上帝保佑我没有遭到这家伙的迫害！他来时总是醉醺醺的（我从来没有见过他不醉的样子），向犯人们寻衅滋事，殴打他们，而借口只是他“醉得要打碎一切”。有时候，他夜里来巡查，看见某个人朝右侧卧，或者看见某个人说梦话，总之，无论什么小事都能让他找到借口，不由分说就是一通打；我们要跟一个这样的人相处，还不能惹他生气！要知道，他每个月都要向圣彼得堡汇报我们的情况。

……

我在大墙后面度过了四年，只是在被带去干活时才走出大墙。活儿很累！有时候，天气很糟糕，我们还得干，在雨里，在泥里，或者在严寒的冬天里，我干得筋疲力尽。有一次，我加班干了四个小时，水银柱都冻住了，气温低达零下四十多度。我的一只脚已经冻僵。

我们大家全都挤在同一个营房里住。你可以想象一下，这是一个木结构的房子，旧得已经破败，早就废弃不用，准备拆毁了。夏天像个蒸笼让人透不过气来，冬天则像个冰窟窿。

地板已经腐朽，上面积了一俄寸[①]来厚的污垢。小窗扇上积着发绿的污斑，即便在大白天，也很难借光阅读。一到冬天，窗子上则积了一俄寸厚的冰。天花板漏水。墙壁上满是洞。我们彼此挤在一起，像是木桶里的鲱鱼。就是往炉膛中塞上六大块木柴都不济事，没有丝毫热气（勉强能让屋里的冰融化），但带来呛人的浓烟，一冬天尽是这样。

苦役犯们在屋子里自己洗衣服，弄得里面尽是一摊一摊的水，叫人无从下脚。从夜幕降临直到次日黎明，我们不得以任何借口出门，因此，在房间的门口放了一个小木桶，你当然知道这是派什么用的。整夜中，臭气熏天，令人几乎窒息。苦役犯们则说："既然都是大活人，怎么能不脏呢？"

两块光木板就充当了一张床，只能允许有一个枕头。当被子来盖的，只有大衣，但不够长，脚露在外面，冻得

① 为一俄尺的十六分之一。——原注

整夜都哆嗦不已。臭虫、跳蚤和蟑螂，多得能用斗来称量。我们的过冬衣服，是两件皮大衣，十分破旧，根本就无法御寒。脚上是短筒靴，去吧，就这样行走在西伯利亚吧！

我们吃的是面包和菜汤①，按规定汤里应该有肉，每人四分之一斤。但是这肉剁成了肉末，所以我无法找到肉。到了节庆日，我们有卡夏②喝，几乎不含黄油。到了封斋节，我们有腌酸菜吃，仅此而已。我的胃被弄得极弱极弱，病倒了好几回。你来判断一下，没有了钱，是不是还有可能活下去！我要是没有了钱，会变成什么样子？普通苦役犯跟我们一样，也不满意那里的伙食，但是他们全都在营房内部做些小买卖，挣几个小钱。而我呢，我喝茶，我有时还用钱去换取我本应得到的那份肉，这可救了我的命。此外，没法不抽烟，不然，在那样一种氛围中，人是会郁闷死的，当然，我们得偷偷地抽。

我在医院里也住了不止一天。我有过几次癫痫病发作，当然，只有很少几次。我的脚还因风湿症而疼痛。除此之外，我的身体还是可以的。在这些麻烦之外，还应该加上一点，几乎被完全剥夺了书籍。我偶尔弄到一本书，还得偷偷地看，在同伴们不断的憎恨中，在看守们的专制暴政中，在争吵、辱骂、叫嚷声中，在没完没了的嘈杂与喧嚷中，偷偷地看。从来没有一个人静处过！而这持续了四年，整整的四年！我保证！说我们受苦了，那还远远不够！我

① 这是一种酸菜汤。——原注
② 这是一种燕麦粥。——原注

们还时刻提心吊胆，生怕违背了什么规定，精神始终处于高度的拘谨和贫困之中，这就是我的生活的总结。

关于这四年中我的心灵和我的信仰，我的精神和我的情感，我就不说了，因为说来话就太长了。我用以躲避残酷现实的那些沉思，不会是没有用的。我现在怀有的欲望和希望，是过去根本无法预料的。但是，那只是一些假设，这里也就免谈了吧。不过，你可别忘记我，你要帮助我！我需要书，需要钱：看在基督的分上，请寄些给我吧。

鄂木斯克是个很小的城镇，几乎没有树木。夏天酷热难当，刮风时带来沙尘，冬天则寒风刺骨。我没有见过乡下。城里很脏，一股大兵的气息，因此，可说是十分放荡（我指的是居民）。要不是我遇到了一些心地善良的人，我相信我就完了。康斯坦丁·伊沃尼奇·伊瓦诺尔对我就是一个好兄弟。他尽其所能地帮助了我。我欠了他不少钱。如果他去彼得堡，你要谢谢他。我欠他二十五卢布。这个待人真诚的人，这个随时准备满足我愿望的人，我怎么才能报答他呢？怎么报答他的关怀、他的照顾？……他还不是唯一的一个。**哥哥，世界上有许多高贵的心灵**。

我曾经对你说过，你的沉默使我很痛苦。但我很感谢你寄钱给我。在你下一次来信中（哪怕是在正式信件中，因为我还无法确定可以给你一个另外的地址），请告诉我关于你生活的细节，还有叶米丽娅·捷奥多罗夫娜的情况，孩子们的、家里人的、朋友们的、我们在莫斯科的熟人们的。谁还活着，谁已经死了？给我讲一讲你的生意，你现在拿什么本钱做生意？你成功了吗？你已经有一些家财了吗？另外，你能不能在经济上资助我呢？你每年能资助我多少钱？假如我不能找到另外一个地址，你千万别在正式信件中寄钱。总之，请用米哈依尔·彼得洛维奇这个名字签名（你明白吗？）。我手头还有一点钱，但我没有书可看。假如可能的话，请给我寄一些今年的杂志，例如《祖国纪事》。

但是，现在有一件很重要的事：我必须（不惜一切代价）读到古代历史学家的书（法语译本）和当今历史学家的书，以及一些经济学家的书和教会教士的书。马上给我寄一些来。

……

人们会鼓励我说，这是一些简单的人。但是，**一个简单的人远比一个复杂的人要更为可怕**。

何况，人无论在哪里总是一样的。我服苦役时，在强盗中最终发现了一些人，一些真正的人，性格深沉、有力、美好。污泥底下的黄金。其中有些人，本性中的某些侧面令人肃然起敬；另一些人，则通体美好，绝对高尚。我曾教一个年轻的北高加索人识字，他是因抢劫而服刑的，我还教他学俄语。他万分地感谢我！另一个苦役犯跟我告别的时候流下了眼泪；我曾给过他钱，很少，他却因此对我充满了感激之情。然而，我的脾气在变坏，跟他们在一起我变得任性随意、反复无常；但是，他们却尊重我的精神状态，万事都由着我，毫无怨言。**我在监狱中竟能见到那**

么多美妙的好家伙。

我收集了那么多冒险家和强盗的故事！我可以写上好几卷书。多么非凡的人民啊！我没有浪费我的时间；如果说，我没有研究过俄罗斯，我却从心底里熟悉俄罗斯人民；很少有人像我这样熟悉他们……我相信我可以自我吹嘘一下了。这是可以原谅的，不是吗？

……

请给我寄古兰经、康德（《纯粹理性批判》）、黑格尔，特别是他的《哲学史》。我的未来将取决于所有这些书。但是，你尤其要活动一下，争取把我调到高加索。去问一问内行人，看看我可以在哪里出版我的书，需要有什么手续。不过，最近两三年里，我恐怕不会打算出书的。从现在起到那时为止，我只求你帮助我活下去！假如我没有一点点钱，我就会被苦役折磨死了！我拜托你了！

……

现在，我要写小说和剧本了。但是，我还要读很多书，很多的书。请不要忘记我！

再一次告别。

费·陀

跟其他许多次一样，这封信也没有回音。费奥多尔·米哈伊洛维奇在整个——或几乎整个——囚禁期间，始终没有得到家里人的音信。是不是因为他的哥哥过于小心谨慎，担心受到牵连？或许是漠不关心？我不知道……陀思妥耶夫斯基的传记作者霍夫曼夫人倾向于最后那种解释。

我们所知道的陀思妥耶夫斯基出狱后的第一封信，是他于1854年3月27日写的，当时，他在西伯利亚的第七步兵营当列兵。它没有出现在比昂斯托克先生的译文中。信中这样写道：

> 请给我寄……不是报纸，而是欧洲历史学家的著作。还有经济学家的、教会教士的。尽量要古代的：希罗多德、修昔底德、塔西陀、普林尼、弗拉维乌斯、普鲁塔克、狄奥多罗斯等人的法语译本。然后还要古兰经和一本德语词典。当然，所有这一切不要求一次寄齐。总之，你尽力而为吧。还请给我寄皮萨连的《物理学》，再要一部生理学的论著，哪一本都行。假如法文本比俄文本强，就要法文本的。所有这一切，都要最便宜的版本。所有这一切，当然不必一次都寄了；而要慢慢地寄，一本接一本地寄。不管你能寄多少，我都会感谢你。你明白，我是多么需要精神食粮啊……

稍后，他接着写道：

> 你现在知道我主要在干什么了吧。
>
> 说实在的，我除了服役之外，并没有什么事情可做。没有外来事件，没有生活变故，没有意外事故。但是有事情发生在心灵中、感情上、思想上，有东西在成长，在成熟，在凋谢，**跟毒草一起被抛弃**，而这是不能说出口的，

不能叙述在小小信纸上的。在这里，我生活在孤独中：如同往常那样，我躲着人。更何况，在整整五年中，我被人看管，有时候，对我来说，孤身独处恰恰是最大的快乐。一般说来，监狱在我的身上摧毁了许多东西，却也催生出了许多东西。例如，我已经对你说过我的病：奇怪的发作，很像是癫痫的抽搐，但那不是癫痫。哪一天，我会对你详细地谈一谈的。

关于这一可怕的疾病问题，我们在最后一次的讲座中再谈。让我们再来念一念同年 11 月 6 日的信：

……我开始我的新生活已快十个月了。至于我以前的那四年，我把它们看成是被活埋、被关进棺材里的一个阶段。这是多么可怕的阶段啊！我的朋友，我简直没有力量来对你讲述那一切。这是一种没完没了的、一言难尽的痛苦，因为，每一时刻，每一分钟都沉重地压在我的心头。在这整整四个年头中，我无时无刻不感到自己是囚禁在监牢中。

但是，很快地，他的乐观主义又立即占了上风：

夏天我实在忙得很，几乎连睡觉的时间都没有。但是现在，我已经有些习惯了。我的身体也有了一些好转。而且，**我没有失去希望，我带着相当的勇气展望未来**。

这同一阶段中的三封信，刊登在了《田地》1898年的4月号上。为什么比昂斯托克先生只给我们翻译了第一封信，而却没有翻译1855年8月21日的那一封呢？陀思妥耶夫斯基在信中提到了上一年10月的一封信，而那封信至今仍未找到。

> 当我在去年10月的信中向你做同样的抱怨（关于你的沉默）时，你回答我说，你很难读得下去。哦，我亲爱的米沙！看在上帝的分上，请不要埋怨我！想想我孤独一人，像一粒被遗弃的石子，我的性格始终是那么阴郁、病态、喜怒无常……**我第一个就相信是我错了**。

1859年11月29日，陀思妥耶夫斯基回到圣彼得堡。在塞米巴拉金斯克时，他结了婚。娶的是一个苦役犯的遗孀，她还带了一个年龄不小的孩子，听说这孩子脾气十分古怪。陀思妥耶夫斯基收养和哺育了他，他有抚养的怪癖。

“他没有太大的变化，”他的朋友米留科夫对我们说，他又补充说，“他的目光比以前更大胆了，他的面部依然显现出坚毅的表情。”

1861年，他发表了小说《被欺凌与被侮辱的》。1861到1862年，他发表了《死屋手记》。他的第一部伟大小说《罪与罚》只是在1866年才发表。

1863、1864和1865年，他积极主持了一本杂志。他在一封信中谈到了这过渡性的几年，语气是那么雄辩，使我忍不住要在此给你们再读上几段。我想，这是我最后一次引用他的书信。这封信写于 1865 年 3 月 31 日[①]：

……我想对您讲讲这段时间里我的故事。不是全部。那是不可能的，因为，在同样的情况下，人们永远也不能在信中讲出最基本的事情来。有些事情我根本就不能讲。因此，我只局限于把我过去一年里的生活给您做一个简要的介绍。

您兴许知道，四年前，我哥哥创办了一本杂志。我也帮着撰稿。一切顺利，我的《死屋手记》当时大获成功，它重新确立了我的文学声誉。刚开始创办杂志时，我哥哥欠了一些债，正当债务开始偿还时，1863 年 5 月，杂志突然被查封，原因是刊物上发表了一篇爱国主义的文章，其激烈的措辞被认为是反政府行为和反公众舆论行为。这一打击要了我哥哥的命。不仅借东债还西债，而且健康状况也恶化了。当时，我并不在他身边，我在莫斯科，在我濒临死亡的妻子的床头。是的，亚历山大·叶戈罗维奇，是的，我亲爱的朋友！您当时写信给我，因我失去了我的天使，失去了我的哥哥米哈依尔而安慰我，你实在不知道，命运欺压我到了何等的地步。另一个爱着我也被我深深地爱着的人，我的妻子，也因肺痨而死在了莫斯科，她定居于莫斯科才一年。1864

① 载比昂斯托克翻译的法语版《书信集》第五卷（法兰西信使出版社）。——原注

年的整个冬天，我一直守候在她的床头。

……

啊，我的朋友！她深深地爱着我，我也深深地爱着她，然而，我们生活在一起却并不幸福。当我见了您的面后，我会告诉您那一切的。您只需要知道，尽管我们在一起很不幸福（由于她古怪、多疑的性格，近乎病态的反复无常），但我们无法不继续相爱下去。甚至可以这样说，我们越是不幸福，就越是彼此唇齿相依。这可能显得有些奇怪，但事情确实如此。她是我一生中所认识的女人中最正直、最高贵、最慷慨大方的。当她去世时（尽管在整整的一年中，看着她慢慢地走向死亡，我是那么的痛苦），我依然不能想象，我的生活是多么的空虚和痛苦，尽管我非常看重并难受地感到随她一起被埋葬的那一切。一年已经过去，而这情感依然如旧……

我埋葬了她之后，便匆匆赶去圣彼得堡看我的哥哥。我只剩下他了。但是，三个月之后，他也离我而去。他只病了一个月，而且看起来并不严重，但病情突然就变了，短短的三天里就夺走了他的生命，真是太出人意料了。

于是，突然之间，我又变得孤独一人，我感到恐惧。真是太可怕了！我的生活被折成两段，一段是过去，以及我生活的一切理由，另一段是未知数，没有一颗心能代替两位死者。严格地说来，我已经没有生存的理由了。建立新的联系？创造一种新的生活？仅仅是这样想一想，就让我觉得恶心。于是，生平中第一次，我感到我没有任何什么可以替代他们，在这个世界上，我爱的**只有他们**，而一种新的爱不仅不会有，而且也不应该有。

在我们刚刚听到的这绝望的呐喊声之后半个月，也就是在 4 月 14 日的信中，他又写道：

> 在我勇气和精力的所有储备中，在我的心灵深处，仍然存在着某种纷乱的、模糊的东西，某种近乎绝望的东西。纷乱，苦涩，**对我来说最为反常的状态**……而且，我孤独一人！
>
> 再也没有四十年的朋友了。然而，**我似乎始终准备着生活下去**。这很可笑，不是吗？真是猫的生命力！

他接着写道：

> 我什么都告诉您了，但我明白，关于最基本的东西，关于我的道德生活和精神生活，我什么都没对您说，我甚至都没有给您一个大约的概念。

我很想把这句话跟《罪与罚》中一个非凡的句子做一下比较。在这篇小说中，陀思妥耶夫斯基为我们讲述了拉斯柯尔尼科夫的故事，他因犯下一桩罪行而被流放到西伯利亚。在这本书的最后几页中，陀思妥耶夫斯基对我们讲述了占据了主人公心灵的奇怪感情。他仿佛觉得，自己是第一次开始真正的生活：

> 是的，过去的这一切苦难又算得了什么？在这回归生活的第一阵欣喜中，一切，甚至包括他的罪行，他的被判刑，他的流放西伯利亚，所有这一切，在他的眼中似乎都是外来的、局外的事，他几乎要怀疑这一切是否真的发生过。

我给你们念这段话，是为证明我一开始说的那些话：外界生活中最重大的那些事件，无论它们多么具有悲剧性，在陀思妥耶夫斯基的生活中，其重要性都不及一件小事情，我们现在就来谈谈这一件小事。

在西伯利亚的时候，陀思妥耶夫斯基遇到了一个女人，她给了他一本《福音书》。在监狱里，《福音书》是官方允许的唯一读物。对《福音书》的阅读和思考，对陀思妥耶夫斯基是至关重要的。他后来所写的所有作品，全都渗透着《福音书》的教理。在我们的每一次讲座中，我都将回头分析他在《福音书》中发现的真理。

从某些方面来看，尼采和陀思妥耶夫斯基的气质颇为相似，观察并比较《福音书》在这两个人身上引起的那么不同的反应，就是一件很有意思的事。尼采的即时的和深刻的反应，是嫉妒，我恐怕必须这样说。如果不考虑到这一感情，人们可能就无法理解他的作品。尼采嫉妒基督，甚至嫉妒到了疯狂的地步。他在写《查拉图斯特拉如是说》的时候，心中奔腾着一种欲望，要跟《福音书》作对。他写作中常常采取《圣经》的形式，来刻意显示与它的对位。他写了《反基督》，而在他最后那部叫《看，这个人》

的作品中，自己作为对手战胜了上帝，并想取代后者的教诲。

而在陀思妥耶夫斯基的身上，反应则迥然不同。从第一次接触起，他就感到《福音书》中有一种高级的东西，不仅高于他，而且高于整个人类，那是某种神圣的东西……我从一开始就对你们讲到了他的那种谦卑，而且我还会多次提到它，正是由于这一谦卑，他面对一切被他认为更高级的东西都表现得顺从。他在基督面前深深地俯首躬身，而这种屈从、这种放弃所产生的首先的和最重要的后果，我对你们说过，就是保持了他性格的复杂性。确实，没有任何一位艺术家，能比他更好地实践《福音书》的这一教导：凡想保全生命的，必丢失，凡奉献生命的（放弃生命的），必真正救活性命。①

正是由于这种自我奉献、这种自我放弃，相互矛盾的情感才能在陀思妥耶夫斯基的心灵中共存，也正是由于这一点，在他心中相互斗争的极为丰富的对抗性得以保留，得以挽救。

在下一讲中我们将探讨，陀思妥耶夫斯基性格中的好几方面是不是属俄罗斯人共有，它们在我们看来，在我们西方人看来，显得十分奇怪；这样，我们就能更好地识别那些真正属于他个人的特点。

二

在我看来，陀思妥耶夫斯基的作品为我们提供的心理与道

① 参见《圣经·新约·路加福音》第17章第33节。

德范畴的某些真理，是更为重要的东西，我现在就来谈一谈它。这些真理是如此大胆、如此新奇，假如我单刀直入地探讨，它们可能显得有悖常论，所以我需要一个准备过程。

在我们上一次谈话中，我给你们讲了陀思妥耶夫斯基的外表，为了更清楚地察看这一外表的特征，我们现在该将它置入环境氛围之中了。

我虽熟悉一些俄罗斯人，但我从未去过俄国。假如没人帮助，单靠我自己一人恐怕难以胜任此项工作。首先，我将为你们展示对俄罗斯人民的一种观察认识，那是我在一本关于陀思妥耶夫斯基的德语书中读到的。为他立传的卓越作者霍夫曼夫人，在这部传记中强调了团结与博爱。在俄罗斯社会的一切阶层中，这种给予所有人、给予每一人的博爱，导致了社会障碍的消亡，并自然而然地使人们建立起一种愉快的关系。我们在陀思妥耶夫斯基的小说中可以找到它：互相提携、富于同情，某主人公曾优雅地将它称为“偶合家庭”。这个家成了宿营地，留宿陌生人，人们接待朋友的朋友，生人转眼之间就变成了熟人。

霍夫曼夫人对俄罗斯人民的另一评价是，没有严格的条理，甚至常常没有确切性，俄罗斯似乎从不为混乱所困惑，从不想从中摆脱出来。如果我要为自己这些谈话的混乱寻找辩辞，我一定会在陀思妥耶夫斯基那儿找到。他思维混沌一团，极度紊乱，要想把他的思想归归类的话，我们就是使上九牛二虎之力也难以理出一条合乎西方人逻辑的线条。霍夫曼夫人把这种飘忽不定和含糊不定归咎于时间意识的淡薄，而导致这种淡薄的，是超然于时间节奏的漫漫无期的冬夜和漫漫无期的夏日。在老鸽棚剧院的一次简短演说中，我曾引用过她讲的一个小故事：有个俄罗斯人，别人指责他不守时间，他反驳道："是啊！生活是一门困难的艺术，有些时刻值得人认认真真地去过，这要比准时赴一次约会远远重要得多。"① 从这句颇有揭示意义的话中，我们看到俄罗斯人对私生活抱有的特殊感情。私生活比一切社会关系更为重要。

让我们再次与霍夫曼夫人一起指出他们对痛苦和怜悯的癖好，对 Leiden 和 Mitleiden②，对这种施予罪人的怜悯的癖好。俄语中表达痛苦的人与罪人只有一个词，表示罪行与轻微不法行为也只有一个词。在这一点上，如果再加上几近宗教意义的忏悔，我们就更能理解俄罗斯人在与他人，尤其是与陌生人关系上无法根绝的不信任感。西方人时常抱怨的这一不信任，在霍夫曼夫人看来，更多地源于人们自惭形秽、惧怕犯罪的心理，而非视他们为庸物的心理：这便是出于卑贱的不信任。

要揭示俄罗斯人这种如此特殊的宗教感情——即使一切信仰都消歇之后，这种宗教感情依然留存——再没有比《白痴》中梅什金公爵四次路遇的描述更为明确的了，我现在就来给你们念一念：

"关于信仰一事，"梅什金公爵微笑了一下开始说，"我在上星期的两天中，有过四次不同的遭遇。早晨，我在一

① 参见第 36 页，用词略有不同。

② 德语，意思为"痛苦"和"怜悯"。

条新铁路上搭火车，和一个姓S的人在车上谈了四个来小时。我以前就常听人家讲到他，说他是个无神论者。他的确是一个很有学问的人，我能和一个真正的学者交谈，心里很是高兴。此外，他是一个极有修养的人，所以在和我说话时，完全像对一个在认识和理解水准上相等的人一样。他不信上帝。只有一件事使我惊讶：他所说的一切好像并不是那个问题。我以前有过同样的感觉，每次我遇见那些不信上帝的人或者读他们写的书时，我老觉得，他们所有的论点，即便似是而非，好像也完全站不住脚。我没有向S先生隐瞒这个意思，不过，大概我表达得不够清楚，因为他一点儿也没有理解……晚上，我住在一个小县的客栈内，恰巧在头一天夜里客栈内出了一桩人命案，我到客栈时，大家都在谈论案情。有两个农民，都上了年纪，还是老朋友，他们都没喝酒，在喝了一些茶后就回房休息，他们住的是同一个房间。最近两天以来，一个农民发现另一个有一块银表，拴在玻璃珠串起来的表链上，他以前没看见他朋友戴过这块表。这个农民并不是小偷，甚至是极诚实的人，而且照农家的生活来说，他一点都不贫穷。但是，这块手表太中他的意，太诱惑他，他终于控制不住自己了。他拿起一把刀子，当朋友转身时，他蹑手蹑脚地从后面赶过去，对准部位后，就仰头朝天上看，画了个十字，暗中哀祷说：‘主啊，看在基督的面上，宽恕我吧！’然后就一下子把朋友杀死，像杀死一只绵羊一样，然后从朋友身上把那块表掏了出来。”

罗果静笑得前仰后合。在刚才那种愁眉苦脸的样子之后，再看到这种爽朗的大笑，未免令人觉得奇怪。

“很好，我喜欢这个！这个再好不过了！”他痉挛地喊道，几乎喘不过气来，“一个完全不信上帝，而另一个却信仰到这种程度，他在杀人时都还要做祷告……公爵，老兄，这可是真的，你永远虚构不出的！哈，哈，哈，这是最好不过的！……”

“第二天一早，我去城里闲逛，看见一个喝醉酒的士兵，在木板铺成的人行道上晃来晃去。他走到我跟前说：‘老爷，请你买下这个银十字架吧，我只要你二十戈比，这可是银做的呀！’他手里握着一个十字架，大概是刚从自己的脖子上解下来的，系着一条蓝色的小绸带。不过，它实际上是锡做的，一眼就看得出来。上面有八个尖角，忠实地模仿了拜占庭风格。我掏出二十戈比给他，当场就把十字架挂在脖子上。从他的脸色看得出，他很满意，因为他把一个愚蠢的老爷给骗了，我肯定他马上就会去把卖十字架的钱换酒喝，这是毫无疑问的。老兄，在那时候，我对亲眼见到的俄罗斯的种种情况有了极强烈的印象。我以前对俄罗斯什么也不明白，好像一直不声不响地生长着，在国外的五年间，我对祖国的回忆只是一种幻梦。我一边走，一边想：‘不，我先不忙去责备那出卖基督的犹大吧。只有上帝才知道，在这些烂醉之人的软弱的心里包藏着什么。’一个小时后，当我回客栈去的时候，我遇到一个农妇，她抱着一个婴儿。农妇年纪还轻，婴儿大约生下刚六星期。

婴儿对她笑了一下，这是生下来以后的第一次笑容。我看到她忽然十分虔诚地画了个十字。我问她：‘大嫂，你这是什么意思?’(我当时见到什么都要打听。)她说：‘一个母亲看见她的婴儿初次微笑，心里的那份喜悦正和上帝在天上每次看见罪人在他面前诚心诚意地祷告时感到的喜悦一样。’这是一个普通农妇对我说的，我叙述的差不多和她的原话一样，她表达了那么深刻、那么精微的真正的宗教思想，在这种思想里充分揭示出基督教的真谛，也就是关于视上帝如我们的亲父，关于上帝对人们的喜悦如父亲对亲生孩儿一样的整个概念，这就是基督最主要的思想！一个普通的农妇！不错，她是个母亲……但谁知道，这个农妇也许就是那个士兵的妻子。你听着，帕尔芬，你刚才问我，现在我来回答你：我们不能把宗教情感的实质归属到任何推理或无神论中去，它与任何的罪行和错误都毫不相干；这里有别的东西，永远会有别的东西；这里有一些无神论永远也说不对头的东西。但重要的是，你可以在俄罗斯人的心中最明显地、最迅速地看出这一点来，这就是我的结论！这就是我从我们俄罗斯得来的一个主要信念。有许多事情可以做，帕尔芬！相信我的话吧，我们俄罗斯的土地上有许多事情可以做啊！”

我们在这段描述的末尾看到了另一种性格：相信俄罗斯人民负有一种特殊使命。

这种信仰，我们在许多俄罗斯作家那儿都可找到，而在陀思妥耶夫斯基身上，它变成了积极而痛苦的信念。他对屠格涅夫的一大抱怨，恰恰是从后者那里他找不出这种民族情感，他感到屠格涅夫过于欧化了。

在论及普希金的演说中，陀思妥耶夫斯基声称：就在模仿拜伦和谢尼耶[1]最盛的时期，普希金突然发现了后来陀思妥耶夫斯基称之为俄罗斯之调的东西，“一种全新的真诚的声调”。对俄罗斯人民及其价值可以寄予什么样的信念呢？普希金喊道：“谦卑吧，傲慢的人，先战胜你的骄傲吧！在众人面前谦卑吧，向着生养你的土地弯下腰来！”

人种差异的最鲜明之处或许莫过于理解荣誉的方式。在我看来，文明人的秘密活力之源并非如拉罗什富科[2]所说的在于自尊心，而在于我们称为“荣誉点”的感情。这种荣誉感，这个关键点对法兰西人、英格兰人、意大利人、西班牙人等来说并不完全一样。然而，与俄罗斯人相比，所有西方民族的荣誉点似乎可以混为一谈。了解俄罗斯式荣誉的同时，我们将发现，西方式荣誉是如此经常地与福音教义相违。与西方荣誉感背道而驰的俄罗斯人的荣誉感却和《福音书》颇为一致。或者不妨说，基督教的宗教感在俄罗斯人的心中常常超过了荣誉感，超过了我们西方人所理解的荣誉感。

面对两种选择：或复仇，或认错而道歉，西方人总认为后者缺乏高尚性，是怯懦胆小的表现……西方人有一种倾向，把

---

① 安德烈·德·谢尼耶（1762—1794），法国诗人。

② 拉罗什富科（1613—1680），法国作家，以颇具哲理性的《道德箴言录》而著名。

不原谅、不忘记、不宽恕当作性格之一。固然，他们总是避免自己出错，但一旦犯了错，最令他们恼火的便是该去认错。俄罗斯人正相反，他们时刻准备着忏悔自己的过错——即使面对自己的敌人——时刻准备着自责、自贬。

希腊东正教容忍忏悔，甚至还常常赞成当众忏悔，在这一点上，它只是在鼓励助长一种自然倾向。不是在神甫耳边悄声忏悔，而是当着随便什么人，当着众人的面忏悔，这在陀思妥耶夫斯基的作品中已成了作者摆脱不了的顽念。在《罪与罚》中，当拉斯柯尔尼科夫向索尼娅认罪时，后者立即建议他去跪在广场上向众人叫喊："我杀人了！"似乎这就是减少心灵痛苦的唯一方法。陀思妥耶夫斯基的绝大多数人物，常常在不知什么时候，会以一种异乎寻常的、不合时宜的方式强烈地要求去忏悔，去恳求他人饶恕，哪怕人家有时甚至不知道是怎么一回事。他们需要把自己贬低到比别人更加卑微低贱的地步。

你们肯定还记得《白痴》中在娜斯塔西娅·费利波夫娜家里举办晚会的那精彩一幕：为了打发时间，有人建议在场的每一个人都来忏悔他一生中最邪毒的恶行，就像人们建议玩小纸片游戏或猜字谜那样。令人惊奇的是，这一建议并没有遭到否决，大家依次开始忏悔，带着或多或少的真诚，几乎没有一点羞耻感。

我知道还有更稀奇的，那是陀思妥耶夫斯基本人经历的一段故事，我是从他的一个俄罗斯熟人那儿听来的。我已不慎将它讲给了许多人听，别人也引用过它。不过，我再从别人那儿听来的已变得支离破碎不像样了。所以我愿在此再重复地讲一讲。

在陀思妥耶夫斯基的生活中，有一些特别暧昧的事。其中之一他已在《罪与罚》中做了暗示（卷二，第23页），此事似乎也成了《群魔》中某章节的主题，但此事并没有出现在还未曾以俄文出版的小说中（据我所知，该书到目前为止只在德国出过非商业版本）[①]。事情涉及一个小姑娘的被强奸。被奸污的女孩子在一间房子里上吊，而罪人斯塔夫罗金就在隔壁的房间中，他知道她上吊了，并等着她断气。在这个罪恶的故事中，到底有哪些是现实的成分？我并不急于知道。尽管如此，陀思妥耶夫斯基在这样的一段经历之后，体验到了人们称之为内疚的感觉。内疚不时地折磨着他，无疑，他自己对自己说着索尼娅对拉斯柯尔尼科夫所说的话。他感到有必要去忏悔，然而不仅仅是向神甫。他寻求忏悔对象，好让忏悔变得更为痛苦，此人非屠格涅夫莫属。陀思妥耶夫斯基已有好一段时间没见到屠格涅夫了，两人的关系也很糟糕。屠格涅夫先生是个高贵富有的人，循规蹈矩，闻名遐迩。陀思妥耶夫斯基鼓足了十分的勇气，或许他已屈从了某种晕晕乎乎的诱惑，某种神秘而又可怖的魅力。让我们想象一下屠格涅夫舒适的书房。他正坐在书桌前。有人敲门，仆人进来通报费奥多尔·陀思妥耶夫斯基的到来。“他来干什么？”他让客人进来。陀思妥耶夫斯基一进门便开始讲起了自己的故事。屠格涅夫听得目瞪口呆。“他说这些干什么？这个人肯定是疯了！”讲完之后，便是深深的沉默。陀思妥耶夫斯基

---

① 这一章的译文后来发表在1922年6月和7月的《新法兰西评论》上。以后又有了题为《斯塔夫罗金的忏悔》的普隆-努里版。——原注

等着屠格涅夫说一句话，做一个手势……他或许以为，屠格涅夫会像他自己的小说中写的那样，把他拥抱在怀中，流着热泪亲吻他，跟他和解……但什么也没有发生。

“屠格涅夫先生，我必须对您说，我深深地鄙视自己……”

他还等待着。依然是沉默。于是，陀思妥耶夫斯基再也忍不住了，他愤怒道：

“然而我更鄙视您。这便是我要对您说的一切。”他“砰”地关上门走了。屠格涅夫无疑太欧化了，无法理解他。

我们看到，谦卑在这里突然让位于相反的情感。谦卑使人低下脑袋，而侮辱则相反，它使人起而反抗。谦卑打开了天堂之门，侮辱打开了地狱之门。谦卑怀着一种自愿的屈从，它是被自由地接受的，它证实了《福音书》中的真理：“自甘谦卑者，必高扬。”① 侮辱则相反，使灵魂受轻视，使它弯曲，使它变形，使它干瘪，使它发狂，使它枯萎。它引起难以治愈的道德上的创伤。

我认为，没有一种性格上的畸形与异变（这种畸形和异变使陀思妥耶夫斯基笔下众多的人物显得如此令人担忧，如此古怪病态）不是由最初的侮辱所引起的。

《被欺凌与被侮辱的》这一早期作品的题目很有揭示意义。他的作品自始至终、从头到尾都贯穿着一个思想，即侮辱使人遭罚，谦卑使人圣化。天堂如同阿辽沙·卡拉马佐夫梦见和描述的那样，是一个既没有被欺凌者也没有被侮辱者的世界。

---

① 见《圣经·新约·马太福音》第 18 章第 4 节。

《群魔》中可怕的斯塔夫罗金，堪称陀思妥耶夫斯基小说中最怪异最令人担忧的形象。在小说的以下一段话中，我们可以找出解释这个乍看之下如此与众不同的魔鬼性格的钥匙。小说中另一个人物讲道：

> 尼古拉·弗谢沃诺多维奇·斯塔夫罗金如今在彼得堡过着“一种嘲笑人的生活”，假若可以这样说的话。我实在找不到别的形容词来形容。他什么也不做，却嘲笑一切。①

斯塔夫罗金的母亲听到这些话不以为然：

> 不，那里有一些不同凡响的事，也许可以说更甚之，简直可以说是神圣的事。我儿子是一个自豪的人，**他的骄傲过早受了损伤**，现在他终于过上了被你准确地形容为嘲笑人的生活。②

稍后一点，瓦尔瓦拉·彼得罗夫娜用一种夸张的语调继续道：

> 假如尼古拉总是有一个安安静静的霍拉旭③在他身边，借用您优雅的表达，一个**于谦卑中显出崇高**的霍拉旭——斯捷潘·特罗菲莫维奇——在他身边，也许他早就可以摆脱那毁了他一生的可恶的嘲笑。

---

①② 《群魔》卷一。——原注

③ 霍拉旭是莎士比亚剧作《哈姆雷特》中主人公哈姆雷特的挚友。

陀思妥耶夫斯基笔下的一些人物因侮辱而深深地扭曲了本性，从可憎的道德败坏中寻找到快乐与满足。当《少年》中的主人公刚刚开始感到自尊心受到残酷的凌辱时，他说：

> 对我不幸的遭遇，我真的感到有什么怨恨吗？我不诅咒。从我记事的幼年起，每当有人侮辱我，我心中立即就产生出一种难以抑制的欲望，要傲慢地沉溺于堕落之中，要迎合欺凌者的心愿。“啊！你侮辱了我吗？那好吧！我再自辱吧，你瞧，你看！”①

因为，倘若谦卑是对傲慢的拒绝，侮辱则相反，只会增强傲慢。

请听《地下室手记》中忧郁的主人公的心声：

> 一天夜里，我从一家小客栈门前路过，透过窗户看到玩台球的人正挥舞着球杆打架斗殴，并把一个人扔出了窗口。换一个时候，这会令我恶心的，但那天我的心绪处于一种特殊状态，竟十分羡慕那个被扔出窗口的人。我鬼使神差地进了小客栈，闯入台球房，我自忖，也许他们会把我扔出窗口。
>
> 我没喝醉，但你有什么办法，烦恼会把你带入何等的

① 《少年》。——原注

神经危机中！一切化为乌有。事实上，我没能从窗户上跳下去，我没挨一拳地出了门。

从我进门的第一步起，就有一个军官让我安分守己。我站在台球桌旁，无意地挡住了他的过道。他按住我的双肩，既无警告又无解释，一言不发地让我换了个地方，他走了过去，装作什么都没觉察的样子。我可以原谅别人打我，但我不能原谅别人对我不屑一顾地让我换个地方。

见鬼！我还有什么做不出来的，真想实实在在地吵它一架！更合情理的、更合习俗的、更有文学性的一通吵架！他待我就像待一只苍蝇。这个军官高大魁梧，而我却瘦小羸弱。再者，我把握着打架的主动权，我只消咆哮几声，他们肯定会把我扔出窗口。然而我想了想后，宁可带着愤怒躲开到一旁。①

但是，假如我们继续读这段描述，我们将马上看到，过分的恨只会像是爱的一种颠倒：

……从此后，我常常在街上遇见那个军官。我很快认出他来。我不知道他是不是也会认出我来。我想不会的，某些迹象使我这么想。不过我呢，我总是仇恨满怀、怒火满腔地看着他。这样持续了好几年。我的愤怒年复一年地增强。我开始暗暗地探询军官的情况，这件事很难办，因

① 《地下室手记》。——原注

为我谁都不认识。但是有一天，我远远地跟随着他，**仿佛他牵住了我似的**，有人喊他的名字，于是我才知道他叫什么。另一次，我一直跟他到他家门口，我给了看门人十个戈比，询问他住在几楼，平时待在哪里，单身还是有伴，等等。一句话，所有能从看门人口中得知的都问了。一天清晨，我突发奇想要写个短篇小说，把军官的性格特征漫画般地描绘出来，尽管我以前从未写过什么东西。我带着乐趣写小说，我抨击，我甚至诽谤，我将他更名换姓，好让人乍一下认不出他来，但经过深思熟虑后仍能认出他来。我写完后改了又改，把小说寄给了《祖国纪事》，但那时候，这份杂志上人们不做批评，所以他们就没刊登我的小说。我气恼得要死，有时愤恨几乎将我窒息。最后，我决定向我的对手挑衅。我给他写了一封辞藻华丽、迷人的信，恳求他向我道歉。我明显地暗示了，如果他拒绝，我就以决斗了事。信写得如此明确，那军官只要稍稍懂得美与崇高，他必定会来我家，扑上来搂我的脖子，向我奉献他的友谊。这该有多棒！我们将一起美好地生活！如此美好！①

在陀思妥耶夫斯基的作品中，经常就是这样，一种情感让位于或几乎让位于另一种相反的情感。

我们可以举出许多例子。《卡拉马佐夫兄弟》中，当阿辽沙

① 《地下室手记》。——原注

伸出手来时，那个不幸的孩子仇敌般地咬住了他的手指头。其实，那孩子此时早已不知不觉地爱上了他。

那孩子身上爱的变异来自什么？他看到阿辽沙的兄长德米特里·卡拉马佐夫醉醺醺地从酒馆里出来，恶狠狠地揪住他父亲的胡子打他。他后来叫喊道："我的爸爸，我可怜的爸爸，他可是怎样地侮辱了你啊！"

从同一道德层面来比较谦卑（当然是看这一层面的另一极端），我可以说，是侮辱夸大了，加剧了，有时甚至是恶魔般地扭曲了傲慢。

当然，在陀思妥耶夫斯基看来，心理范畴的真实总是它们在现实中的那样，即特殊个性的真实。作为小说家（因为陀思妥耶夫斯基绝不是个理论家，而是个探索者），他总是避免做归纳，他知道，如果他试图去表明普遍规律，他将会（至少对于他）冒多大的风险①。假如我们愿意，这些规律倒可以由我们来求出。我们可以在他作品的丛林中开辟出道路来。比方说，这样一条规律：被侮辱者转而侮辱他人②。

无论陀思妥耶夫斯基的人间喜剧有多么丰富多彩，他的人物总是在同一个唯一的层面上聚集、排列：在谦卑与傲慢的层面上。它把我们引入歧途，甚至在一开始并不明显地表露出

① 施勒策先生在1922年2月号的《新法兰西评论》中写道："俄罗斯才智的最基本特征之一，即是它哪怕再莽撞也总依赖于具体的事件和生动的现实。它可以投入到最抽象、最大胆的思辨中去，但这一切只是为了最终带着所获汲的丰富思想回到这一现实、这一事件中来，它的终点也即它的起点。"——原注

② 例如《白痴》中的列别杰夫，见列别杰夫折磨伊伏尔金将军的那一章。——原注

来。由于这个原因，一般情况下，我们并不从这一意义上着手探索，不以此来划分人类。让我来解释：在狄更斯的精彩小说中，我有时会被他的划分——用尼采的话来说，就是他的价值梯度——所体现的庸俗乃至幼稚所窘住。读着他的书，我的眼前仿佛有一幅安吉利科[①]的《最后的审判》。有人入选升天堂，有人受罚下地狱，还有的难以确定，人数很少，善的天使与恶的魔鬼在争夺他们。像在一幅埃及的浅浮雕中那样，天平称量着所有的人，只视他们或多或少的善而裁定。善者上天堂，恶者下地狱。这一点上，狄更斯追随着他的人民和他的时代的观念。恶人有时也发财，善人有时也牺牲，这便是人世与社会的耻辱。他的所有小说试图向我们显示出，心地善良要远远超过才智敏捷。我选狄更斯做例子，是因为在我们熟悉的伟大小说家中，他的对人物的划分方法似乎最简单。我还要加一句：正是这一点，使得他如此受大众的欢迎。

最近，通过连续重读陀思妥耶夫斯基的几乎全部作品，我仿佛觉得，他的笔下有一种相同的划分法，虽然不那么明显，却几乎同样简明，而且似乎更加意味深长。人们并不能以善恶的多寡，也不能以心灵的品性，来划分他的人物的等级（请原谅我使用了这个可怕的词），而要以他们傲慢的程度。

陀思妥耶夫斯基一方面为我们展现了卑贱者（他们中有些人将谦卑推向了极端的卑下，甚至津津乐道于卑下），另一方面，还为我们展现了高傲者（其中有的竟将高傲推至犯罪）。一

① 安吉利科（1400—1455），佛罗伦萨画家，天主教修士。

般情况下，后者最为聪明。我们将看到，他们被傲慢之魔缠住之后，总是在那里彼此争贵斗富。在《群魔》中，邪恶的彼得·斯捷潘诺维奇对斯塔夫罗金说：

> 我敢打赌，整整一夜你们都相倚而坐，谈论不休，你们把宝贵的时间都消磨在争贵斗富上了。①

还有一段：

> 尽管韦尔西洛夫引起了她的恐惧，卡塔莉娜·尼古拉耶夫娜对他崇高的原则和超人的精神总怀有一种敬佩。在他的信中充满了她无须恐惧的绅士一般的话语。她也表达了自己同样富有骑士精神情感！他们之间可以有礼仪地竞赛了。②

《群魔》中的伊莉莎白·尼古拉耶夫娜对斯塔夫罗金说：

> 没有什么能够损伤您的自尊心，前天，我当众辱骂了您；而您却以骑士般的宽容作为回答。回到家中我马上猜到，您之所以躲避我，是因为您已经结了婚，而根本不是**因为您蔑视我**，蔑视我上流社会小姐的品质，而事情要真是这样，就够令我害怕的了。

① 《群魔》卷二。——原注

② 《少年》。——原注

她接着说完：

至少，自尊心未被损害。[①]

陀思妥耶夫斯基的女性人物比起男性人物来，更被傲气驱使，更受骄气操纵（请看拉斯柯尔尼科夫的姐姐、《白痴》中的娜斯塔西娅·费利波夫娜和阿格拉雅·叶潘钦娜、《群魔》中的伊莉莎白·尼古拉耶夫娜，以及《卡拉马佐夫兄弟》中的卡捷琳娜·伊凡洛夫娜）。

但是颠倒过来（这不妨可以说是一种《福音书》式的颠倒），最卑贱者比最高贵者离天国更近。陀思妥耶夫斯基的作品中始终贯彻着这样深刻的真理："权势者得不到的将给予卑贱者""我来是为了拯救所失去的"，等等。

一方面，我们看到自我拒绝、自我抛弃；另一方面，则是人格的肯定、"强力的意志"、权势的夸大。必须注意的是：这种强力的意志在陀思妥耶夫斯基的小说中总是导致破产。

苏代[②]曾指责我为了陀思妥耶夫斯基牺牲了巴尔扎克，我想他是想说祭献了他。有必要做辩解吗？我对陀思妥耶夫斯基的敬佩固然是强烈的，但我不认为它让我变得盲目，我当然承认巴尔扎克的人物比那位俄罗斯小说家的人物要更为繁复多样，他的《人间喜剧》也更为绚丽多彩。然而，无疑陀思妥耶夫斯

① 《群魔》卷二。——原注

② 保尔·苏代（1869—1929），法国文学批评家、《时代报》的专栏作家。

基达到了更深的区域，他触及了任何小说家都望尘莫及的要点。当然我们可以说，他的所有人物都是从一个模坯中出来的，傲慢与谦卑是他们行为举止的动力源泉，加上剂量的多少与差异，他们的反应也就足够丰富多彩了。

在巴尔扎克的书中（如同在整个西方社会中，或更具体地说，在法兰西社会中，因为巴尔扎克的小说提供了它的形象）至关重要的两个因素，在陀思妥耶夫斯基的作品中却几乎不起任何作品，第一个是智力，第二个是意志。

我并不是说，巴尔扎克作品中的意志总是引人向善，不是说他的意志坚强者都是道德高尚者。我是说，他的主人公至少有相当数量以意志达到德行，以聪明才智和顽强精神获得事业上的荣耀。想想他的大卫·赛夏、皮安训、约瑟夫·布里多、丹尼·大丹士[①]……我还可以再举出二十个来。

在陀思妥耶夫斯基的全部作品中没有一个伟人。你们也许会说，《卡拉马佐夫兄弟》中令人尊敬的佐西玛长老不是吗？当然，他无疑是小说家所塑造的最高尚的性格，他居高临下地俯视着整个故事，等我们看到《卡拉马佐夫兄弟》的全译本时，我们将更加懂得他的重要性。但是，我们也将更加懂得，对陀思妥耶夫斯基来说，他真正的崇高是由什么构成的。佐西玛长老在世人的眼中不是一个伟人。他是一个圣人，而不是一个英雄。他恰恰是通过弃让意志、抛却智力才获得了神圣。

在陀思妥耶夫斯基的作品中，如同在《福音书》中一样，

① 这四人都是巴尔扎克《人间喜剧》中的人物，且都在《幻灭》中出现。

天国属于精神上的穷人。在他那儿，与爱相对的，并不是恨，也不是头脑中的深思熟虑。

与巴尔扎克的作品正相反，假若我分析一下陀思妥耶夫斯基塑造的坚强人物，我会立即发现，他们都是可怕的人物。比如名单上的头号人物拉斯柯尔尼科夫，他首先是个野心勃勃的、想当拿破仑的文弱书生，最终只杀了一个放高利贷的老太婆和一个无辜的姑娘。再看看斯塔夫罗金、彼得·斯捷潘诺维奇、伊凡·卡拉马佐夫和《少年》的主人公（他是陀思妥耶夫斯基笔下唯一一个从生下来，从懂事起就抱定一个主意活着的人，他立志成为一个罗思柴尔德[①]，但仿佛是一种嘲弄似的，在陀思妥耶夫斯基的全部作品中，再没有一个比他更为懦弱、更受人摆布的人物了）。他笔下人物的意志、他们拥有的智力和意志，仿佛在逼迫他们走向地狱，要想寻找陀思妥耶夫斯基小说中智力扮演了什么角色，我的答案是，它扮演了魔鬼般的角色。

他的最危险的人物也即是最聪明的人。

我并非仅仅想说，陀思妥耶夫斯基笔下人物的意志与聪明只为恶而施，而是说，当它们试图向善时，它们所施的德行只是一种骄傲的德行，这种德行导致堕落。陀思妥耶夫斯基的主人公只有舍弃智力，放弃个人意志，只有通过自我拒绝，才能进入上帝之国。

当然，在某种意义上我们可以说，巴尔扎克也是一个基督教作家。但在对照两种伦理学时，我们能够明白，那位法国小

---

① 罗思柴尔德是欧洲乃至全世界的一个著名金融世家。

说家的天主教与这位俄国小说家的纯粹福音学说之间，有着多么巨大的差别，天主教精神与纯粹基督教精神有着何等的不同。为避免过分的冒犯，我们不妨可以说，巴尔扎克的《人间喜剧》是《福音书》和拉丁精神结合的产物，而陀思妥耶夫斯基的俄罗斯喜剧则是《福音书》与佛教、与亚细亚精神结合的产物。

以上论述只是个开场白，它可以帮助我们更深地进入到那些奇特的主人公的灵魂中去，我将在下一次课中谈这个问题。

三

迄今为止，我们所做的只是清扫了基地。在评说陀思妥耶夫斯基的思想之前，我愿提醒大家注意一个严重的错误。在陀思妥耶夫斯基生命的最后十五年，他花费了颇多的精力编辑一本杂志。他为杂志撰写的文章都收在了人们称之为《作家日记》的集子里。陀思妥耶夫斯基在这些文章中阐述了自己的思想。时时参照这本书或许是一件十分简单、十分自然的事，但是我要说，这本书令人深深地失望。其中有社会理论的阐述，然而这理论含糊不清，表述词不达意。其中有政治预见，但没有一件是实现了的。陀思妥耶夫斯基试图预告未来的欧洲，但他完完全全弄错了。

苏代先生乐于指出他的错误，过去，苏代曾在《时代》杂志的专栏上撰文评论过陀思妥耶夫斯基。他认为在这些文章中只能找出平常的新闻笔调，这样的评价我很乐意赞同。但是当苏代补充说，这些文章使我们得以透彻地了解陀思妥耶夫斯基时，我就要唱反调了。说实话，陀思妥耶夫斯基在《作家日记》中探讨的问题，并不是最让他感兴趣的问题。应该弄清楚，政治问题在他看来不比社会问题重要，而社会问题又不比、远远地不比道德问题和个人问题来得重要。我们能从他那里得到的最深刻、最稀罕的真理，是心理范畴的真理。我要补充说，在这一领域，他所显示的思想，常常只停留在提出问题上。他不寻求解决，而只寻求陈述，因为这些问题极端复杂，且又互相纠结，互相交错，所以，对它们的陈述经常会变得糊里糊涂。更何况陀思妥耶夫斯基不是一个真正意义上的思想家，而是一个小说家，他最珍贵、最精微、最新颖的思想，我们应该从他的人物的口中去寻找，而且并非一定要从主要人物那儿去找。最重要、最大胆的思想常常被赋予次要人物。陀思妥耶夫斯基一旦以自己的真名实姓出面，就会变得口笨舌拙，非常不善于表达。我们可以把他在《少年》中安在韦尔西洛夫身上的话安到他自己身上去：

> 发挥①，不，我说话更喜欢不发挥。瞧，这不奇怪吗？每当我要发挥自己的想法时，还没等我陈述完毕，我自己的信念就动摇了。②

我们甚至可以说，当陀思妥耶夫斯基表达完自己的思想时，他很少会不马上回过头来推翻它。似乎它当即在散发出一股腐

① 这个词在德语译本中是 begrundun。——原注

② 《少年》。——原注

尸般的臭味，就像是从佐西玛长老的尸体上冒出来的气味那样。要知道，当人们正等着从佐西玛长老那里看到奇迹时，这臭味却让他的弟子阿辽沙·卡拉马佐夫觉得，守灵是那样难以忍受的一件事。

显然，对一个“思想者”来说，以下这一点可能是够令人遗憾的。即他的思想从来不是绝对的，而几乎总是相对于他的人物。我要再加一句：不仅仅相对于表达这些思想的人物，而且相对于这些人物生活中一个确切的时刻，它们可以说是这些人物在一种特别状态、在一个特别时间里获得的，它们是相对的，只跟其产生所必需的行为事件，或是跟必然需要它们的行为事件发生关系，并起作用。一旦陀思妥耶夫斯基发起议论来，他就令我们失望。他这样一个人，十分擅长于描述各式各样的撒谎者（与高乃依的撒谎者又是如此的不同），十分善于通过他们，让我们懂得，是什么促使一个撒谎者去撒谎，就这样一个人，当他想为我们解释这一切时，当他想给自己的例子配置理论观点时，他便变得干瘪无力，苍白无味。

至于陀思妥耶夫斯基在什么程度上是一个小说家，这本《作家日记》将给我们答案，如果说，他作为理论家和批评家在文章中显得平庸无奇，那么一旦他的人物上场，他马上又变得卓绝超伦。正是在这部日记中，我们看到《农夫马列伊》的精彩叙述，尤其是令人赞叹的《温柔的女性》，它是陀思妥耶夫斯基最有力的作品之一。这是一部从严格意义上来说仅为一段长篇独白的小说，如同他在同一年代写的《地下室手记》中那样。

还有更为奇妙的。我要说得更明白一些：在《作家日记》

中，陀思妥耶夫斯基两次让我们见识了他精神的几乎无意识的、不自觉的虚构工作。

他给我们讲了在街上观察、有时甚至追随漫步者的乐趣，然后，笔锋突然一转，转到了一个路遇者身上。

> 我注意到有一个工人，他没有和妻子一起走路，只是领着一个小孩，一个小男孩。两人都有一副寡居者的忧愁神色。工人有三十几岁，脸呈菜色，一副病容，他穿戴整齐，一件穿旧了的礼服，纽扣上的蒙布早已磨穿掉落，领子上有了油垢，洗得干干净净的裤子像是从旧衣店里淘来的，高礼帽磨损得厉害。这工人像是个排字工，脸上的表情阴沉、冷峻，几近凶恶。他一手拉着男孩，像是在拖着他走。那孩子才两岁多的模样，脸色苍白，羸弱之极，外穿短上衣，脚套一双红帮的套靴，帽上饰有孔雀翎毛。他很累。父亲对他说了几句，也许在笑话他腿没劲。小孩没回答他，走了三五步之后，父亲弯下腰抱起了他，小男孩像是很高兴，搂着他父亲的脖子。一被抱起来，他就看见了我，用十分惊讶的好奇目光打量着我。我向他点了点头，但他皱了皱眉，更紧地搂住了父亲的脖子。他俩真像是一对好朋友。
>
> 在路上，我喜欢观察行人，琢磨他们陌生的面孔，推测他们可能是些什么人，想象他们是如何生活的，都对什么东西感兴趣，等等。这一天，我被这一对父子吸引住了。我想象那男人的妻子、那孩子的母亲可能刚死不久。鳏夫

> 每天都要去工厂上班，小孩则被托给一个老太婆看管。他们可能在地下室租了一小间房间，也许只有房间的一个角落。而今天是星期天，父亲带孩子去一个亲戚家串门，或许是死者的妹妹家。我想这个我们经常看不到的姨妈嫁给了一个小军官，住在地下室的大营房里，当然是一间单独房里。她哭了一会儿她死去的姐姐，但很快止住了眼泪。鳏夫也没有表现出过多的悲伤，至少在上门拜访时是这样。他一直忧心忡忡，话语很少，只说了说钱的事，一会儿就闭嘴了。他们端来了茶炊，他们喝茶，小家伙坐在墙角的凳子上，噘着嘴，皱着眉，不一会儿就睡着了。姨妈和姨夫没怎么注意他。他们给他拿来一片面包和一杯奶。小军官开始时一声不吭，后来当那个父亲训斥小家伙时，他突然开了一个粗野的玩笑。娃娃想马上就回家，父亲就再把他从维博尔格斯卡亚带回到利蒂耶那亚的家中。
>
> 第二天，父亲又去工厂，娃娃又和老太婆待在一起。[①]

在同一本书的另一处，我们读到他遇见一个百岁老妪的叙述。他在马路上见到她坐在一条凳子上。他跟她说话，然后离开。但到了晚上，“做完了工作”，他又想起了老妪，便想象起她如何回到自己家中，想象起家人们如何跟她说话。他讲述她的死亡：“我很乐意想象故事的末尾。再说了，我是一个小说家，我喜欢讲故事。”

---

① 《作家日记》。——原注

陀思妥耶夫斯基从不凭空瞎编。在同一本《作家日记》的一篇文章中，他叙述了审判科尔尼洛夫遗孀的经过，并以自己的方式构思了小说。当法庭调查的结果使罪行大白于天下时，他写道："我差不多全猜到了。"并补充道，"一次机会使我得以去见科尔尼洛娃，我吃惊地看到，我的猜测几乎全符合事实，自然，我在某些细节上弄错了。科尔尼洛夫虽然是个农民，却穿戴打扮得如同一个西欧人。"陀思妥耶夫斯基得出结论："总之，我的错误并无重要性可言，我的猜想实质上是真的。"①

一个如此具有观察、虚构、塑造才华的人，你要是再给他加上敏感的品质，他就会成为一个果戈理，一个狄更斯（也许你还记得《老古玩店》的开头，狄更斯也忙于追随着、观察着行人，一旦离开他们之后，他就继续想象他们的生活）。但是这种才华，无论它多么神奇，也不足以产生一个巴尔扎克，一个托马斯·哈代，一个陀思妥耶夫斯基。它肯定不足以让尼采写道：

> 对我来说，陀思妥耶夫斯基的发现远比司汤达的更为重要。他是唯一一个让我在心理学方面学到东西的人。

很久以前，我抄下了尼采的一段话，现在我要读给你们听听。当尼采写下这段话时，他所想的，难道不就是能显示出那个俄罗斯伟大小说家最有特点的东西吗？尼采在这里指出的，

① 见《作家日记》中的文章：《一桩简单而又复杂的案件》。——原注

不就是把这位俄罗斯小说家与我们这儿众多的现代小说家（如龚古尔兄弟）区别开来的东西吗？

> 给心理学家的道德教训：不要到处兜售心理学！绝不为了观察而观察！那只会产生一种错误的看法，产生某些“造作的”、故意夸大的东西。只为了**想去**经历某些事情而去经历，这是不会成功的。在事件发生过程中不能**允许**向自己看，要那样的话，任何一瞥都将成为“毒眼”。一个天生的心理学家出于本能，不会为了看见什么而去看的。同样道理，一个天生的画家也是一样。他从不模仿大自然作画，他依赖他的本能，依赖他的**暗房**，来筛选，来表达“情况”“自然”“经历之事”……他只有**共性**、结论、结果的意识。他不承认依个别情况而作的主观推断。如果换个方法去做，例如，像巴黎的小说家一样，兜售大大小小的、各式各样的心理学，又会是什么结果呢？窥视到某种现实，每天晚上带回一小撮奇闻轶事。但是请看看它会变成什么……①

陀思妥耶夫斯基从来不为观察而观察。他的作品绝不诞生于对现实的观察，或者说，至少并不仅仅诞生于此。它也不是诞生于一个预先设计的思想，因此，它不是理论的，而是沉浸在现实之中，它诞生于思想与实践的相遇中，于两者的混合

① 见1898年8月号《信使杂志》，第371页。——原注

（英国人用的是 Blending 一词）之中。这两者紧密相结合，以至于很难说哪个因素超过了另一个因素，可以说，他小说中最为现实的场面，也是最富有心理学和伦理学意义的场面，更确切地说，陀思妥耶夫斯基的每一部作品都是事件受孕于思想的产品。“这部小说的想法在我脑子中存在已有三年了。”1870 年时，他这样写道（这里指的是他在九年以后才写的《卡拉马佐夫兄弟》）。而在另一封信中，他写道：

> 在这本书的各部分中贯穿到底的主要问题，也是我一生中有意识或无意识地苦苦自扰的难题：上帝的存在！

但是这个思想只要没有遇到各式各样的事件（一项著名的事业、一桩刑事案件审判，等等）使之受孕成形，它就会长期飘忽不定地停留在他的脑子里。只有到那时，人们才能说作品构思成了。“我所写的是一件有倾向性的事情。”在这同一封信里他还写道，他说的是与《卡拉马佐夫兄弟》同时构思成熟的《群魔》。小说《卡拉马佐夫兄弟》也是一部有倾向性的作品。没有什么比陀思妥耶夫斯基的作品更加有根有据的了。他的每一本小说都是一种示范，简直可以说是一篇辩护词。或者更确切地说，是一通说教。假如我们要对这位令人敬佩的艺术家指责什么，那就是他太想表明什么了。我们可以这样理解：陀思妥耶夫斯基从不强求我们的观点向他靠拢。他寻求阐明这些观点，使某些暗藏的真理明朗化，因为这些真理使他着迷。只要它们在他看来——不久的将来在我们看来也同样——具有重要的意义，具有人类精神所能认识到的最重要的意义，因为这些真理不是抽象的真理、超乎人类的真理，而是亲切的、隐秘的真理。这些使他的作品免遭倾向性歪曲的东西，这些真理，这些思想，正是在那里顺从于事件，深深地扎根于现实之中。面对着人类现实，他保持了一种谦逊的、顺从的态度，他从不强求什么，他从不迫使事件倾向于他，他在自己的思想中履行了《福音书》中的告诫："凡想保全生命的，必丢失，凡放弃生命的，必使其永生[①]。"

在继续从陀思妥耶夫斯基的书中寻找他的思想之前，我愿向你们谈一谈他的工作方法。斯特拉霍夫讲到，陀思妥耶夫斯基几乎只在夜里工作："将近午夜，万籁俱寂，费奥多尔·米哈伊洛维奇·陀思妥耶夫斯基独自与茶炊为伴，他小口小口地喝着凉丝丝的、不太浓的茶，一直工作到凌晨五六点钟。他下午两三点钟起床，一下午用来接待客人、散步或是拜访友人。"陀思妥耶夫斯基并不总是满意那"不太浓"的茶，据人说，在生命的最后几年，他放纵自己喝了好多烈酒。有一天，陀思妥耶夫斯基走出自己正在写作《群魔》的工作室，他处在一种高亢的精神冲动状态中，无法自制。那天恰好是陀思妥耶夫斯基夫人接待客人之日。在贵妇云集的客厅中，野性难驯的费奥多尔·米哈伊洛维奇突如其来地发作起来。当一位夫人端着一杯茶上前大献殷勤时，他大叫道："见鬼的黄汤，让你昏了头……"

---

① 参见第一次讲座中的引用。原出《圣经·新约·路加福音》第 17 章第 33 节。纪德在引用时，用词略有出入。

你们还记得圣莱阿尔修士[①]的那句话吧："一部小说是人们沿途照过去的一面镜子。"假如司汤达没有拿它来表达他的美学观点，那它倒显得有些愚蠢可笑了。在法国和英国，自然有相当数量的小说是属于这样的基调的，如勒萨日、伏尔泰、菲尔丁、斯摩莱特[②]等人的小说。然而，再没有谁的小说，比陀思妥耶夫斯基的小说离这个框框更远的了。在陀思妥耶夫斯基的小说和以上列举的小说之间，在他的小说与托尔斯泰或司汤达的小说之间，有着可以存在于一幅画与一个全景之间的一切差别。陀思妥耶夫斯基在作一幅画，其中首先重要的是光线的分配。光从唯一的一个光源处照射过来……而在司汤达的、托尔斯泰的小说中，光线是恒常的、平均的、弥散的。所有的物体都以同样的方式被照亮，从四面看去它们都一样。它们没有影子。而在陀思妥耶夫斯基的书中，如同在伦勃朗的画作中一样，起重要功能的是阴影。陀思妥耶夫斯基集合了他的人物和事件，将一束强光打在它们之上，使光线只照在一面。每一个人物都沉浸在他人的阴影中，又依靠在自己的阴影上。在陀思妥耶夫斯基的作品中，我们还注意到一个特殊的需要，即结集、集合、集中，在小说的一切成分之间创造出尽可能多的互相关系和互相依赖。他笔下的事件不像司汤达和托尔斯泰小说中那样，沿

---

① 圣莱阿尔修士（1639—1692），法国教士、历史学家。这段话被司汤达用来作为其小说《红与黑》第十三章的引语。

② 勒萨日（1668—1747），法国小说家、剧作家。斯摩莱特（1721—1771），英国小说家。

着一条溪流缓慢而平稳地发展，而总有一些时候互相混杂、互相纠结到一个旋涡中去。故事叙述的因素——伦理道德的、心理的，以及外部的——正是在旋涡中分而后合，离而又聚。在他的笔下，我们见不到任何线条上的简化和净化。他喜欢复杂性，他保护复杂性。情感、思想、爱欲从不表现为纯的状态。他在环境中制造真实。在这里，我注意到陀思妥耶夫斯基的描述，注意到他对人物性格的描绘。但是请允许我先给你们读一段雅克·里维埃[①]关于这一点的著名评论：

> 小说家的头脑中一旦有了人物的形象，他便有两种极为不同的方式将他们文字化：抑或强调人物的复杂性，抑或坚持人物的和谐性。在这个他将充实的灵魂中，要么他可以制造出整个阴暗，要么他可以通过描写为读者消除阴暗；要么他保留着自己的洞穴，要么他将它们暴露无遗。[②]

你们知道雅克·里维埃的意思是什么了吧。他是说，法兰西学派暴露洞穴，而某些外国小说家，例如陀思妥耶夫斯基，则尊重并且保护他们的阴暗。里维埃还说：

> 总之，陀思妥耶夫斯基对他们的深渊最感兴趣，为了最出人意料地暗示它们，他运用一切方法。
>
> ……

① 雅克·里维埃（1886—1925），法国评论家、小说家。

② 见 1922 年 2 月 1 日的《新法兰西评论》。——原注

> 我们则相反，面对一个复杂之至的灵魂，当我们试图去表现它时，我们本能地寻求去构建它。①

这一点就足够严重了，但他还补充道：

> 需要时，我们还要再助一臂之力，我们消除一些有歧义的特征，我们解释一些隐蔽的细节，以便构筑起一个心理整体。
>
> ……
>
> 一个彻底封闭的深渊，那就是我们追求的理想。

在这一点上，我并不相信在巴尔扎克的笔下我们找不到某些“深渊”，某些艰涩之处，某些无法解释的东西；我也并非那么确信，陀思妥耶夫斯基的深渊总像人们一开始认为的那样未得到多少解释。要不要我为你们提供一个巴尔扎克的深渊作例子呢？我在他的《绝对的探求》中找到一个，巴尔塔扎·克拉艾斯寻求点金之石。表面上，他完全忘记了从小接受的宗教教育。他的探求是他唯一的活动。他丢开了他的妻子，虔诚的约瑟芬，任她替丈夫的无神论自由思想担惊受怕。某一天，她突然闯进了实验室。开门带入的空气导致了药品爆炸。克拉艾斯夫人昏了过去……这时，巴尔塔扎发出了一声什么样的叫喊呢？那是一声冲破他思想的积层、猛然带出童年的信念的叫喊：

---

① 见1922年2月1日的《新法兰西评论》。——原注

“赞美上帝，你在！圣徒们为你免去一死。”巴尔扎克并没有做什么渲染。我敢肯定，读这本书的二十个人当中倒有十九个人不会注意到这一断层。它让我们瞥见的深渊仍未被解释，或者说无法解释。实际上，巴尔扎克对这一点不感兴趣。他认为重要的，是人物保持性格的前后一致。在这一点上，他与法兰西民族的感情是一致的，因为我们法兰西人最需要的便是逻辑。

不仅《人间喜剧》的人物，而且我们生活于其中的真实喜剧的人物，都在按照巴尔扎克的理想自我描绘出来，我们所有的法国人，只要还是法国人，就都在自我描绘。只要我们的天性还在，那么天性的前后不一贯便会显得那么别扭，那么可笑。我们否定这种前后不一。我们会竭力去消除它。我们每一人都意识到自身的整体性、自身的连续性。我们身上一切被压抑的无意识的东西，如同我们所看到的在克拉艾斯身上突然表现出来的感情，如果我们不能将它们斩尽除绝，那么至少也不能看重它们。我们的一举一动，总是按照我们以为一个像我们这样的人应该做的那样去做。我们的多数行为并不是听从我们意愿的驱动，而是出于一种需要，去模仿我们自己，在未来中打上过去的烙印。我们为线条的连续性和纯洁性而牺牲真实（即是说真诚）。

与这一切相比，陀思妥耶夫斯基为我们提供了一些什么呢？他的人物毫不顾及性格的一致性，他们乐于向其天性尚能容忍的一切矛盾、一切否定面让步。也许正是这一不连贯使陀思妥耶夫斯基最感兴趣。他不但不隐藏它，而且从不停歇地让它显现出来，让它发出光辉。

或许，他的作品中还有不少未被解释之处，但我不认为有许多不可解释之物，一旦我们听从陀思妥耶夫斯基的邀请，允许人物自身有矛盾情感的共处，我们就不难找到答案。这种共处，在陀思妥耶夫斯基的作品中，经常表现得违背常理，尤其因为人物的情感被推向极端，夸大到荒诞的地步。

我认为有必要在此强调一下：我们法国人也认识这个，因为，你们也许马上会想到，这里没有别的，只有激情与责任的斗争，如同高乃依作品中表现的那样。但实际上这并不是一码事。法兰西的主人公，如同高乃依所描绘的，在自己面前投射出一个理想的榜样，他也是他自己，只不过是他希望成为的他自己，他要努力成为的他自己，而不是他自然而然的那个样，不是他听任自便就能成为的那个样。高乃依为我们描绘的内心斗争，是理想人、榜样人跟主人公要竭力否定的自然人之间的斗争。总归一句话，我们觉得，我们离儒勒·德·戈蒂埃先生[①]称之为包法利性格——他根据福楼拜笔下的女主人公之名造出的名词——的那种东西不太远了。因为这个名词正是用来称呼这样一段距离，某些人欲超越这一距离，脱离自己的生活，而去过想象中的另一种生活，跳出自己本来的身份，去成为他们自以为的或他们愿意成为的人。

每一个并未见弃于现实却竭力去趋向理想、竭力迎合理想的人物，都为我们提供了一个两重性的例子，一个包法利性格的例子。

① 儒勒·德·戈蒂埃（1858—1942），法国散文作家。

而我们在陀思妥耶夫斯基的小说中看到的两重性格的例子则大大不同。它们跟人们经常观察到的病理学的那些症例几无相同之点。在这些病理学的例子中，第二人格嫁接在第一人格上，并和它交替轮流，两组情感、两套回忆分别形成，彼此不相知；不久，我们便有了两个互相区别的人格，一个躯体上的两个人。他们彼此让位，轮流行事，却毫不知情（斯蒂文森在他的魔幻小说《化身博士》中为我们提供了一个精妙绝伦的显示)。

但是在陀思妥耶夫斯基那儿，令人困惑的是这一切的同步性，是每个主人公始终意识到自身性格的不连贯，意识到自身的两重性。

他的某一主人公在最强烈的激情支配下，仍在怀疑这激情应归于爱或是恨。两种对立的情感相杂在他心中，并混为一体。

> 突然，拉斯柯尔尼科夫觉得他憎恨索尼娅。他被这如此奇怪的发现惊呆了，吓坏了，他猛地抬起头，仔细打量着姑娘。仇恨马上从心中消失。不是的。他弄错了自己经历的情感的实质。①

人物对自己情感的这样一种误解，我们可以在马里沃②或在拉辛的作品中找到同样的例子。

有时，一种感情会因自身过分的夸大而自消自灭，这种感

① 见《罪与罚》卷二。——原注

② 马里沃（1688—1763)，法国剧作家、小说家。

情的表达似乎会让表达者本人感到窘迫。这里虽然还不存在感情的两重性，却有更特殊的东西，请听《少年》中主人公的父亲韦尔西洛夫的话：

> 假如我还是一个无用的人，假如我还为此而痛苦……不，我知道我无比坚强。你会问，我的力量在哪儿？它恰恰是在对任何人和任何事的高度适应之中，这是我这一辈的俄罗斯知识分子拥有的一种特别能力。没有什么能摧毁我，没有什么能压扁我，没有什么能让我吃惊。我有看家狗的顽强生命力。我极其轻松地将两种相反的感情同时装在心中，这一切无需费力，全都自然而然。①

“我用不着解释这些相反感情的共生共处。”《群魔》中的专栏作者故意这样说。让我们再听听韦尔西洛夫的话吧：

> “我的心充满着话语，我不知道怎么来说。我仿佛一分为二。”他带着严峻的面孔和感人的真诚打量着我们大家，“对，真的，我一分为二，我真的很害怕。就如同你的替身站在你的身边。你自己聪明而理智，而另一位却非要干一桩荒唐事。突然间，你发现原来就是你自己想干这桩事。你没想到，你原来是抵抗着你的全部力量想去干它的。我以前认识一个医生，为父亲举办葬礼时，他突然在教堂里

① 见《少年》(我援引的这一段取自较完整的德语译本)。——原注

吹起了口哨。假如今天我没来参加葬礼，那是因为我坚信，我到时候会吹口哨或者嬉笑，就像那个结局相当惨的可怜医生。”①

在《群魔》中，那个奇怪的主人公斯塔夫罗金对我们说：

如同我向来那样，我可以感觉到做好事的欲望，并且我感受到快乐。与此同时，我渴望作恶，我同样也感到满足。②

借用威廉·布莱克③的话，我将对这些表面的矛盾给予清楚的阐释，尤其是对斯塔夫罗金这个奇怪的表面。但我还是把这个解释留待以后再说吧。

四

在上一次讲话中，我指出了赋予陀思妥耶夫斯基的绝大多数人物以生命力，并分裂他们的那种令人担忧的两重性，正是

① 见《少年》。还有：“韦尔西洛夫没有任何明确的目标。一通矛盾情感的发作会夺走他的理智。这种情况下，我不相信他有严格意义上的疯狂。再说，今天他根本就不疯。但这‘替身’，我是承认的。一位专家的近作证实了我的这种看法……‘替身’标志着精神严重错乱的第一阶段。它可能导致一个相当悲惨的结局。”（见《少年》）但是在这里，我加上了我在上文中提及的病例。——原注

② 见《群魔》。请读波德莱尔：“在任何人身上，在任何时间里，都有两种同时的欲念，一个靠向上帝，另一个则靠向撒旦。”（《私人日记》）——原注

③ 威廉·布莱克（1757—1827），英国诗人。

这一两重性使《罪与罚》中拉斯柯尔尼科夫的一个朋友谈到小说主人公时这么说：

> 人们真的会说，他身上有两种相反的性格轮流地表现出来。

假如这些性格仅仅只是轮流表现，那么事情还算好。然而我们看到，它们常常是同时表现出来。我们看到每一个矛盾的意念是如何枯竭而又贬值，是如何因自身的表达和表现而窘迫不堪，从而让位于相反的意念。主人公从未像他在夸大自己的恨时那么接近爱，也从未像他在夸大自己的爱时那么接近恨。

我们发现，在每一个人物身上，尤其在女性人物的性格中，有一种焦躁不安，对自身不稳定的预感。害怕自己不能长时间地保持同一种脾性，保持同一种决心，使得她们常常做出一些令人张皇失措的突然之举。《群魔》中，莉莎说：

> 长久以来，我就知道自己的决心维持不了一分钟，所以我决定了什么就马上去干。①

今天我很愿意研究一下这一奇怪的两重性的某些后果。首先，我要和大家一起问一问我们自己，这种两重性是本来就存在的，还是陀思妥耶夫斯基想象出来的？现实为他提供了这方面的例子吗？他在其中看到了自然本性呢，还是他把它归于自

---

① 《群魔》卷二。——原注

己的想象？

“大自然模仿着艺术品向它建议的东西。”奥斯卡·王尔德在他的集子《意图》中曾这样说。对这一表面怪诞的悖理，他开玩笑似的以某种似是而非的暗示来阐明。他的原话大体如下：

> 不知你们注意到没有，一段时间以来，大自然逐渐地变得与柯罗①笔下的风景画相像起来。

他想说明的无非就是这一点：我们一般是以一种已变得约定俗成的方式看大自然的，我们在大自然中只认出艺术作品教我们认识的东西。一旦一位画家在其作品中试图传达和表现一种个人的观点，他为我们提供的大自然的这一新面孔，一开始往往会显得不伦不类、假模假样，甚至狰狞可怖。随后，我们会很快地习惯于按这一新艺术作品的观点去观察自然，我们会发现画家为我们表现的东西。正是这样，对一双经过提醒的、新颖而别致的眼睛来说，大自然似乎“模仿”了艺术作品。

这里我所说的关于绘画的话，同样适用于小说，适用于心理学的内心景象。我们生活在被接受的现有资料上，我们很快习惯于这样来看世界，不是看世界如其原来的面貌，而是看世界如同别人所说的那样，如同别人告诉我们的那样。只要人们没有得到医学的揭示，那么，有多少疾病是不存在的啊！如果不去读陀思妥耶夫斯基的作品，在我们周围，或者甚至在我们

---

① 柯罗（1796—1875），法国风景画家。

身上，又有多少奇异的、病理的、反常的心理状态不为我们所知啊！是的，说真的，我认为陀思妥耶夫斯基为我们擦亮了眼睛，使我们看清了某些实在不算稀罕的、但我们却不知去发现的现象。

面对着每一个人几乎都表现出来的复杂性，人的目光总是自发地、几乎无意识地投向简单化。

法国小说家的自发努力就在于此：他们从人物性格中抽出基本数据，尽力设法在一个形象中分辨清晰的线条，赋予它一个连续不断的轮廓线。无论是巴尔扎克，还是别的谁，追求风格的愿望和需要总是占上风……但我认为这样做蔑视了法兰西文学的心理学，使得它信誉扫地。我担心许多外国小说家也犯这一错误。说它错，恰恰是因为，这样做只注意了轮廓的鲜明，而没有了模糊，缺乏了阴影……

让我们在这里再回顾一下尼采的观点。尼采正好相反，他以极度的洞察力认识到并称颂了法国心理学家的超人之处，甚至把他们（也许更多的是伦理学家而非小说家）当作整个欧洲的大师。确实，我们在18世纪和19世纪有过无与伦比的分析专家（我尤其想说是我们的伦理学家）。我并不确信我们今天的小说可以与他们媲美。因为在我们法国，有一种讨厌的倾向，偏爱于墨守成规——惯用格式很快就成了金科玉律——偏爱于依赖它，而无意于另辟蹊径。

我已经注意到，拉罗什富科在给心理学帮了大忙的同时，或许也在某种程度上——由于他箴言的完美——阻止了它的发展。请原谅我在此引用我自己的话，但在今天，我很难说出比

1910年时我所写的更多的话了：

> 当年，拉罗什富科竟敢于把我们心灵的运动拉扯到并归结为自尊心的煽动，我怀疑他究竟是对这奇特的洞察真的有足够的证据，还是他正努力不懈地做着一种更确切的调查。一旦找到一种套式，人们就紧紧抓住它。整整两个多世纪，人们伴随着这一解释活着。心理学家似乎最为警醒，他显得最怀疑，面对最高尚、最威武的举动，他最清楚如何揭示个人主义的秘密动力，人类灵魂中的一切矛盾在他面前泄露出来。我不指责拉罗什富科揭露“自尊心”，我指责他仅仅局限于它，我指责他以为当他自己揭示出了自尊心时便万事大吉。我尤其指责那些追随着他局限于此的人。①

在整个法兰西文学中，有一种对未定形物的恶感，它甚至发展到面对尚未成形之物的某种难堪。我可以以此来解释，为什么比起英国小说，甚至俄国小说来，儿童在法国小说中所占的位置微乎其微了。在我们的小说中几乎遇不见孩子，即使是小说家给我们描绘的那几个可怜巴巴的孩子，也常常是笨拙的、死板的、无趣可言的。

正相反，陀思妥耶夫斯基的作品中充斥着儿童。我们甚至发现，他的绝大多数人物，而且是重要人物，都是比较年轻的、

---

① 见《选集》。——原注

刚刚成形的人。他更感兴趣的似乎是感情的起源。他常常描绘那些含糊不清的、可以称作萌芽期的感情。

他尤其着笔于那些令人困惑的例子，那些挺身而起向世俗道德和心理学挑战的例子。显然，在这种日常道德和心理学中，他并不感到轻松。他自身的气质就与某些既定规则格格不入，他无法忍痛屈服，满足于那些规范。

我们在卢梭身上也可找到这一相同的不适和不满。我们知道，陀思妥耶夫斯基曾犯癫痫，而卢梭曾变成疯子。以后，我还要强调疾病在他们思想的形成过程中所起的作用。今天，我们就满足于在这反常的心理状态中，见识一下反抗群体的心理学与伦理学的造反意识。

在人的身上，倘若不存在无法解释的东西，却总有未经解释的东西。现在我们要看一看，这种双重性一旦被接受，陀思妥耶夫斯基是按照什么样的逻辑遵循他的轨迹的。首先让我们一起证实，陀思妥耶夫斯基的几乎全部人物都是多情种子。也就是说，他们满足于天性的复杂性，几乎都能同时经历多种爱情。另一个结果，或者说，从这一设定中引出的另一个结果，则是嫉妒的几无可能性。他们都不懂得嫉妒，都不可能变得嫉妒。

先来看一下他们为我们提供的多情人物的一个例子。那是夹在阿格拉雅·叶潘钦娜和娜斯塔西娅·费利波夫娜之间的梅什金公爵。在谈到娜斯塔西娅·费利波夫娜时，梅什金公爵说：

> “我全身心地爱她。”

> “而同时，你也向阿格拉雅·叶潘钦娜保证您的爱。”
>
> “哦！是的，是的。”
>
> “瞧瞧，公爵，您想想您自己说的话。看看您自己的内心……从表面上看，您是既不爱这个也不爱那个……怎么能爱两个女人，怎么可能有两种不同的爱情……这太奇怪了。”①

而同时，这两个女人也分别经历着两种爱情。

再回忆一下处在格鲁申卡和娜塔莎·伊凡诺夫娜之间的德米特里·卡拉马佐夫，还有韦尔西洛夫。

我还能举出许多别的例子。

人们会这样想：这些爱中有一种是肉体的，另一种是精神的。但我认为，这样的解释未免过于简单化了。毕竟，在这一点上陀思妥耶夫斯基从来没有直率过。他引导我们做种种猜测，到头来又把我们甩在一边。我直到第四遍读《白痴》时，才意识到这一点（当然，现在这一点已是显而易见的了）。叶潘钦将军夫人对待梅什金公爵多变的脾气，将军夫人之女、公爵之未婚妻阿格拉雅本人的不明确态度，都出自这两个女人（自不待言，主要是当母亲的那一位）对公爵脾性中某种神秘东西的觉察。母女俩谁都不太确信，公爵会成为一个称职的丈夫。陀思妥耶夫斯基三番五次地强调了梅什金公爵的贞洁，而这种贞洁无疑增加了将军夫人这位未来岳母的不安：

① 见《白痴》卷二。——原注

> 无论如何，有一件事是肯定的。那就是他还能够去看阿格拉雅，人们还允许他和她说话，坐在她身边，跟她一起散步，仅此一点，他就觉得幸福无比了。谁知道呢？也许他一辈子就满足于此了。从表面上看来，这种不那么炽烈的恋情已经让叶潘钦将军夫人偷偷地不安起来，她猜度到公爵心中柏拉图式的爱情。有不少东西着实让将军夫人无以名状地担惊受怕。①

最不沾肉欲的爱情是最强烈的爱情，此处是如此，换在别处也常常如此。这一点在我看来十分重要。

我并不想阐释陀思妥耶夫斯基的思想。我并不企求这双重的爱和这嫉妒的消失把我们引向美好的分享——这既非权宜之计，亦非迫不得已——甚至引向放弃。再说一遍，陀思妥耶夫斯基在这一点上并不显得很直率。

嫉妒这一问题始终缠绕着陀思妥耶夫斯基。在他前期的一部作品（《他人之妻》）中，我们已经读到了这一悖论：不应该将奥赛罗看作一个嫉妒的典型。在这一观点中，我们也许可以看到一种超乎于普通观点之上的需要。

但是，后来陀思妥耶夫斯基又回到了这一点。他在《少年》这本创作生涯结束前写的书中又谈到了奥赛罗。他写道：

> 韦尔西洛夫有一天对我说，奥赛罗根本不是因为嫉妒

① 见《白痴》卷二。——原注

而杀死了苔丝德蒙娜而后自杀，而是因为他被人剥夺了理想。①

这真是一种悖论吗？我最近在柯尔律治的作品中发现了相似的观点，相似得使人不禁要问，陀思妥耶夫斯基是不是曾经读到过这一段？柯尔律治提到奥赛罗时说：

> 在我看来，嫉妒并不像人们指出的那样……应该看到嫉妒中的恐慌和苦恼，因发现自己心目中的偶像、自己持恒爱之的天使般的尤物竟然不那么纯洁、甚至肮脏不堪而感到恐慌和苦恼。是的，要经过努力的斗争才能不再去爱；这是道德上的义愤，是对德行沦丧的绝望，它使他喊出：But yet the pity of it Iago! O Iago, the pity of it, Iago.（这只能大致翻译成如下的法语：“然而，这多么令人遗憾啊，伊阿古，呵，伊阿古，这多么令人遗憾！”）

陀思妥耶夫斯基的主人公不会嫉妒吗？——这么说我也许走得太远了——至少应在这儿再做一些修改。可以说，他们在嫉妒中只认识到痛苦，一种未伴随着憎恨情敌（这一点至关重要）的痛苦。如果说在《永恒的丈夫》中有什么仇恨的话（我们马上就会看到这个），这种仇恨也被某种神秘而奇特的对情敌的爱所抵消、所制约。然而更经常的是，根本就没有什么仇恨，

① 《少年》。——原注

甚至没有痛苦。这里我们如同处在一条让-雅克[1]走过的斜坡路上：要不然，他得适从华伦夫人给予他的情敌克洛德·阿奈的宠爱，要不然，他该去思恋乌德托夫人[2]。他在《忏悔录》中写道：

> 当我为她燃起了心中炽烈的欲火时，我发现，当上她的密友跟成为她爱情的对象是同样的甜美。我从未有过一时一刻视她的情人为我的情敌，我始终把他当作朋友（**这里指圣朗贝尔**）。人们会说这还不是爱情。见他的鬼吧，这远比爱情更美。

《群魔》的作者说："斯塔夫罗金对他的情敌满怀着友谊，远无半点妒忌。"

在这里拐一个弯，或许能帮助我们更深入地进到问题的核心中，即是说，更清楚地理解陀思妥耶夫斯基的观点。我最近重读他的作品时发现，考察一下陀思妥耶夫斯基是如何从一本书转到另一本书的，是一件特别有意思的事。我们知道，《死屋手记》之后，陀思妥耶夫斯基在《罪与罚》中写了拉斯柯尔尼科夫的故事，也就是说，一桩将他发往西伯利亚的罪行的故事。

---

① 让-雅克，即卢梭。

② 这里提到的三人，都是卢梭的《忏悔录》中的人物：华伦夫人曾为卢梭的保护人和情妇，索菲·乌德托夫人是卢梭的另一位情妇，克洛德·阿奈则是华伦夫人的另一个情人。

再看一看这本小说的最后几页是如何为《白痴》做了准备，那就更有意思了。你们还记得吧，精神面貌焕然一新的拉斯柯尔尼科夫留在了西伯利亚，生活中的一切事件对他来说均失去了重要性：他的罪孽、他的悔悟、他的牺牲，仿佛都成了另一个人的故事：

生命在他身上替换下了理智，他只剩下了情感。

在《白痴》的一开头，梅什金公爵所处的，恰恰就是这种状态。在陀思妥耶夫斯基眼中，这种状态无疑将是一个基督徒的最佳心态。这一点我回头还要说。

陀思妥耶夫斯基似乎在人类灵魂中建立了，或者简单地说，发现了许多类层——一种层次的划分。我在他的小说人物中划分出三个类别或三个区域。首先是知识类的，对灵魂而言十分陌生，从中却激越出最恶劣的欲望，按照陀思妥耶夫斯基的说法，奸诈邪毒的魔鬼般的成分均寓居于此。现在我只说第二类，它便是爱欲类的，这是一个被激情的风暴劫掠一空的区域，但是，无论风暴肆虐中的事件多么悲怆，人物的心灵却不为之所动。因为有一个更深的、爱欲都不能搅和进去的区域。拉斯柯尔尼科夫所经历的这一复活（我赋予这一词以托尔斯泰所赋予的原本意义），这一"再次诞生"（借基督之语），使我们得以进入这一区域。这是梅什金生活的区域。

看一下陀思妥耶夫斯基是如何从《白痴》过渡到《永恒的丈夫》的，那就更有意思了。你们都还记得在《白痴》的结尾，梅什金公爵守在被他的情敌罗果静杀死的娜斯塔西娅·费利波夫娜的床头。两个情敌都在那里，面对面，单独相处。他们会互相残杀吗？不！正相反。他们俩抱头痛哭。他们俩互相挨着，躺在娜斯塔西娅的床前，守了整整一夜。

> 每当罗果静在谵妄中喊叫起来，或是狂笑起来，公爵马上就伸出发烫的手，轻轻地抚摩他的头发，抚摩他的脸颊，让他安静下来。

这几乎就已经是《永恒的丈夫》的主题了。《白痴》写于1868年，而《永恒的丈夫》是1870年。这部书被某些文人当作陀思妥耶夫斯基的代表作（聪明的马塞尔·施沃布[①]也是这个观点）。说是陀思妥耶夫斯基的代表作，也许言过其实了。但是，无论如何，它可算是杰作之一吧。让我们听一听陀思妥耶夫斯基本人是如何谈及这部书的吧！他在1869年3月18日写给友人斯特拉霍夫的信中说：

> 我写了一篇小说。一篇不太长的小说。约三四年以前，当我的哥哥逝世时我就打算写了。当时阿波隆·格利高里耶夫称赞我的《地下室手记》时说："再写一些这一类的东西吧！"我的作品就是对他的答复。不过，在形式上，这是一部完全不同的作品，尽管在本质上，它们仍然是一样的

① 马塞尔·施沃布（1867—1905），法国小说家、散文家。

东西，我永恒的本质……我写这部小说非常快，因为在小说中没有一行字、没有一句话不是早已清清楚楚地铭刻在我心中了，这一切早写在我的脑子里了，虽说当时白纸上还未留下一个黑字。①

在1869年10月27日的信中他写道：

这部短篇的三分之二我已经写出抄毕。我想尽可能地删略，但还是做不到。这不是说数量，而是质量。至于书的价值，我没什么可说的，因为我一无所知，这是由别人去判断的事。

而别人是这么判断的。斯特拉霍夫写道：

您的小说给人留下了生动的印象，我想它会不可动摇地获得成功。这是您写得最好的作品之一。从题材上说，也是您最令人感兴趣的作品之一。说到特鲁索茨基的性格，大多数人可能难以理解他，不过，人们会一直带着渴望去读它。

《地下室手记》写得比这篇小说稍早些。我认为《地下室手记》是陀思妥耶夫斯基文学生涯的顶峰，我把这本书当作他全

① 《书信集》。——原注

部作品的拱顶之石（我不是唯一这样认为的人）。不过，随着这部书，我们将进入他的“知识之区”，因此今天我不去谈论它。让我们依然和《永恒的丈夫》留在爱欲之区。在这部小说中只有两个人物：丈夫和情夫。不可能将它再浓缩集中了。整个小说呼应了我们可以称之为古典的理想。情节本身，或者说，导致了结局的最初事件早就有了，如同在易卜生的一出剧里那样。

维尔查尼诺夫处在生命中的这样一个时刻——过去的事件开始在他的眼里获取了一个异常的面目：

> 今天，年近不惑的他眼角已布满细细的皱纹，眼中也失去了往昔的神采和善意。代之而来的却是一种面对世风日下所抱定的犬儒主义的麻木不仁，还有刁钻奸诈和冷嘲热讽，一种新添的惆怅，夹着忧愁与痛楚，一种心不在焉，漫无对象但又强烈的愁思。这种忧伤在他独处时格外明显。①

维尔查尼诺夫的身上到底发生了什么事？在他这把年纪，在他生命的转折点上，究竟出了什么事？直至今日，我们还好端端地活着，乐呵呵地过着，但是突然间，我们明白到，我们的行为举止，我们所推动的事件，一旦与我们分离而投入到世界之中，如同人们将小舟投入海洋中，就将继续独立于我们存在，而且常常不为我们所知地存在着（乔治·艾略特②在其作品

---

① 《永恒的丈夫》。——原注

② 乔治·艾略特（1819—1880），英国女诗人、小说家。《亚当·比德》是她的长篇小说。

《亚当·比德》中曾十分精彩地谈论过这一点）。是的，维尔查尼诺夫亲身生活中的事件，对他来说也不再如同往日了，也就是说，他突然意识到了他的责任感。这时，他遇到了他以前认识的一个人：他以前拥有过的一个女子的丈夫。这个丈夫以古怪的方式出现在他面前。简直弄不清楚他到底是在躲避维尔查尼诺夫，还是正相反，在寻找他。他好像突然降临在大街的铺石上。他神秘地游逛，在维尔查尼诺夫家附近踱来踱去，而主人公一开始却没有认出他来。

我不想在此叙说整本书的故事，也不想去详述在巴维尔·巴甫洛维奇·特鲁索茨基（也就是那位丈夫）的一次夜访之后，维尔查尼诺夫如何决定去回访一次。他们之间一开始模糊的关系渐渐地清晰了：

> “请您告诉我，巴维尔·巴甫洛维奇，您并不是一个人住在这儿吧？我刚刚进来时看到的那个女孩子是什么人？”
>
> 巴维尔·巴甫洛维奇扬了扬眉毛，他有些吃惊，随之，又露出了诚恳和悦的神色。
>
> “怎么，这个小女孩吗？她当然是丽莎啦！”他友善地微笑道。
>
> “哪个丽莎？”维尔查尼诺夫不禁结结巴巴起来。
>
> 突然，一阵颤栗通过他全身。这个结果实在太突然了。当他进门第一眼看到小女孩时，他虽然有点惊诧，却没有任何特殊的感觉和想法。
>
> “这就是我们的丽莎，我们的小女儿丽莎。”特鲁索茨

基仍然在微笑。

“怎么？您的女儿？但是娜塔丽娅……已故世的娜塔丽娅·瓦西里耶夫娜有过孩子？”维尔查尼诺夫问道，他的嗓子像是被掐住了，嗓音喑哑，却清晰安宁。

“那是当然的啦……可是，我的上帝！这是真的，您是不会知道的。您不知道我到底在想什么。您一离开，上帝就把她给了我，上帝保佑我们有了……”

巴维尔·巴甫洛维奇从椅子上蹦了起来，神色有些激动，但仍是那么愉快。

“我从来没有听说过。”维尔查尼诺夫说，脸色变为苍白。

“当然，当然，您怎么会听说的呢？”巴维尔·巴甫洛维奇以一种充满温柔的声调说，“娜塔丽娅和我，我们已经失掉了一切指望。您一定还记得的。……突然，上帝允诺我们的愿望了！而我当时的感受，一定只有上帝才知道。它发生在您离去后的一年……喔，不，还不到一年……等一等！……让我想一想，如果我没记错的话，您是十月份离开的，要不就是十一月，对不对？”

“我离开T城是在九月初，十二日那天，我记得很清楚。”

“九月？真的是在九月吗？那我一定是记糊涂了。”巴维尔·巴甫洛维奇充满了惊讶，“要真是那样，那您在九月十二日离开，而丽莎在五月八日出生，中间经过了九月、十月、十一月、十二月、一月、二月、三月、四月——嗯，刚好八个多月。您如果知道我的亡妻如何……”

“好啦！那您把她叫到我面前来……叫她过来……”维尔查尼诺夫结结巴巴地打断了他。①

就这样，维尔查尼诺夫明白到，他那来去匆匆、他那本不寄予什么奢望的爱情留下了一道痕迹。问题摆在了他面前。那位丈夫知道吗？读者一直到小说的结尾还在怀疑。陀思妥耶夫斯基把我们留在了不确切之中，正是这一不确切折磨着维尔查尼诺夫。他的心中一点儿数也没有。或许巴维尔·巴甫洛维奇很快也知道了，但他装得什么也不知道：这恰恰是为了拿这个不确切来聪明地伪装自己，来折磨那个情人。

《永恒的丈夫》向我们描绘了真正的、诚挚的感情与习俗的感情，与日常习惯所接受的心理学的斗争。这便是我们观察这部奇书的一种方式。

“只有一种结局：决斗。”维尔查尼诺夫喊道。但人们认识到，这是一种可悲的结局，它并不会满足任何真实的感情，它仅仅呼应了一种矫揉造作的荣誉观，那便是我不久前讲的西方人的观念。我们将很快明白，巴维尔·巴甫洛维奇在心底里还是喜爱嫉妒的，是的，他真的爱着并寻求着他的痛苦。**而这种痛苦的寻求早在《地下室手记》中就已扮演了一个很重要的角色。**

在梅尔希奥·德·伏居耶子爵之后，法国人一提起俄国人，

① 《永恒的丈夫》。——原注

便大谈特谈“痛苦之宗教”。在法国，我们总是喜欢套用格式，这是“吸收”一个作家的方式。它可以帮我们将他陈列在橱窗里。法兰西需要对他心里有数，然后，人们再不需要去看，再不需要去想。——尼采吗？——啊！对了：“超人。做一个强者。危险地活着。”——托尔斯泰吗？——“对恶不抵抗。”——易卜生吗？——“北方之雾。”——达尔文吗？——“人是猴的后代。生存竞争。”——邓南遮①吗？——“美的崇拜。”让那些思想不能归纳成一种格式的作家见鬼去吧！广大民众是不能接受他们的（当巴雷斯为自己的商品做包装选择了“大地与死者”这一标牌时，他是深深明白这一点的）。

是的，在我们法国，存在一种倾向，要为自己找词，要去相信：一旦找到可套用的格式就万事大吉，就一切都已说出，一切都已接受。正是这样，我们可以认为，当我们听到霞飞的一句话：“我在一口口地啃掉他们”，或者读到报纸上所说的俄罗斯的“压路机”时，我们就已经把握住了胜利②。

“痛苦之宗教。”我们至少得避免误解。这里涉及的并不是或不仅仅是他人的痛苦、普遍的痛苦，在这种痛苦面前，拉斯柯尔尼科夫投倒在妓女索尼娅的膝下，佐西玛长老投倒在未来的凶手德米特里·卡拉马佐夫的脚前，这里的痛苦也是自己的痛苦。

---

① 邓南遮（1863—1938），意大利著名剧作家、小说家、诗人。

② 霞飞（1852—1931），法国元帅。这里所引的两句话，都是第一次世界大战中在法国流行的名言，第一句是霞飞元帅在索姆河地区战役中说的。第二句则表达了公众舆论希望靠俄国沙皇军队战胜德军的渴望。

维尔查尼诺夫在整个小说故事中一直都在问自己：巴维尔·巴甫洛维奇·特鲁索茨基是在嫉妒，还是没在嫉妒？他是知道了，还是没有知道？荒诞的问题。——是的，他当然知道！是的，他当然在嫉妒；但是，他保持的、他保护着的正是这一嫉妒；他寻求的、他热爱的正是嫉妒的痛苦，完全如同我们在《地下室手记》中看到的主人公喜爱他的牙疼一样。

对这个满腹妒意的丈夫的痛苦，我们所知无几。陀思妥耶夫斯基只是间接地让我们窥察、了解到一点儿，而且是通过特鲁索茨基本人，让他的身边的人——首先是他那么疼爱的这个小女孩——所受的可怖的痛苦。这个女孩的痛苦，使得我们可以衡量他自身痛苦的强烈程度。巴维尔·巴甫洛维奇折磨这个女孩，但是他钟爱她。他无法憎恶她，就像他无法憎恶那个情夫一样。

> “您想过丽莎对于我意味着什么吗，维尔查尼诺夫？”他突然想起特鲁索茨基上次对他说过的这句话，他觉得这并不只是装模作样，那叫喊是真诚的，那心意是温柔的。可是，为什么那怪物既爱着这孩子，又能对她那么残酷呢？这真的可能吗？每次他一想到这个问题，他就立即把它岔开，因为这里面含有某种可怕的、不确切的东西，某种使他无法忍受的东西，某种他一直无法解答的东西。①

① 《永恒的丈夫》。——原注

我们应该相信，他最痛苦的，恰恰是无法变得嫉妒，或者更确切地说，他只认嫉妒为艰苦，他无法仇恨那个争了他的宠的人。他让那个对手忍受的痛苦，至少他打算让他忍受的痛苦，他强加在他女儿头上的痛苦，就像是他所放置的一个神秘的抵消物，以抵消他自身沉溺于其中的恐怖与忧伤。不过，他仍梦想着复仇，这并非明确地说，他渴望复仇，而是说，他自忖他应该复仇，这恐怕是他从那种可怕的忧伤中脱身出来的唯一办法。这里，我们看到日常的心理学重又赶到了真挚感情的前头。

沃夫纳格[①]曾说过："习俗造一切，甚至爱情。"[②]

他们也一定还记得拉罗什富科的箴言：

> 如果他们没听人说起过爱情，有多少人会从来不知道爱情？

我们也同样有权利这样想：如果人们没听人说起过嫉妒，如果人们并不确信一定要嫉妒，那么，有多少人将不会变得嫉妒？

是啊，习惯势力确确实实是谎言的供应者。有多少人一生中没有被迫扮演过一个与自己全然不相同的人物？面对某一种感情，要在自身中找出它曾被描述、经过洗礼的原型，又有多么容易！人们模仿一切比什么都不模仿来得更加容易。有多少

---

① 沃夫纳格侯爵（1715—1747），法国伦理学家、散文家。

② 见沃夫纳格《作品集》，箴言39。——原注

人一辈子靠着谎言，心甘情愿地于虚伪中度日，他们在习俗的谎言中，找到了比在个人真诚的特殊感情中更多的安逸舒适和更少的艰辛努力，因为，这种感情的确认迫使他们去做一种他们本来感到无能为力的创造。

请听特鲁索茨基：

“我说，阿列克谢·伊凡诺维奇，让我告诉您一个非常好笑的小故事，这是我今天早晨搭车来这里时想起来的。刚才您谈到‘抱着别人脖子不放手的人’。您一定还记得谢苗·彼得罗维奇·李夫特索夫吗？他以前在T城时曾和我们来往过。喔，他的弟弟，也是一个从圣彼得堡去的年轻漂亮的绅士，在总督手下做事，很受赏识。有一次他和戈鲁宾科上校发生争执。当时有许多女人在场，其中有他的心上人。他认为自己被极大地侮辱了，但他咽下了这口气，一声不吭。之后不久，戈鲁宾科又把他属意的女子追到了手，两人决定结婚。您想想那小伙子会做出什么来吗？他居然成了戈鲁宾科最亲密的朋友，而且坚持要在婚礼上做新郎的傧相！他一直把自己的角色演得很好。后来，当大家从教堂行完仪式回家时，他当着总督以及所有在场的高贵人士的面，向戈鲁宾科祝贺，并拥吻了他。突然，我们的李夫特索夫拔出刀来，刺入新郎的腹中，我们的戈鲁宾科倒了下去！……他自己的傧相！这不是太过分了吗！可是这还不算什么。最绝的是，他刺了人之后，便转过身去向左右四面叫喊道：‘啊！天哪，我干了什么呢！天哪！我干了什么呢！’然后哭哭啼啼，哆哆嗦嗦，抱着所有人的脖子不放手，连声叫道：‘唉，我都做了些什么！’哈哈哈！他真把我笑死了。当然，人们多少会替戈鲁宾科难过的，可是，他后来却痊愈了。”

“我真不知道您为什么要告诉我这个故事。”维尔查尼诺夫威吓地皱着眉头。

“只因为那真真切切的一刀子吧！”巴维尔·巴甫洛维奇说道，他总是微笑着。①

当巴维尔·巴甫洛维奇突然被带到肝病发作的维尔查尼诺夫面前，去照顾他的时候，他真实的、自发的感情就这样表露了出来。

请允许我为你们读一读这整整一场出人意料的戏。

病人一躺下就呼呼睡着了。他的健康状况原本不好，又在精神的极度紧张中过了一天，回家后只觉得浑身无力，难再支撑。但是，痛苦仍然战胜了疲劳与困倦，一个小时之后，维尔查尼诺夫在剧痛中醒来，从长沙发上挣扎起来，轻轻呻吟着。雷雨已经歇了，房里充满了烟味，桌上的酒瓶空了，维尔查尼诺夫在另一张沙发上睡着，他全身挺直，衣服没有脱去，连鞋子都还穿着。他的长柄单片眼镜从口袋中掉了出来，吊在丝线上晃荡，快要触到地板了。②

---

① 《永恒的丈夫》。——原注

② 《永恒的丈夫》。——原注

这真是一件异乎寻常的事：陀思妥耶夫斯基需要将我们带到心理学的最奇特的区域，去观察最现实的细节，以求在表面上显得神秘莫测与意料之外的事物中，找出尽可能坚固的根基。

维尔查尼诺夫受着极度痛苦的煎熬，特鲁索茨基是如何精心照顾他的呢？

> 但是，巴维尔·巴甫洛维奇突然变得狂躁起来，天知道这是怎么一回事，他丢魂失魄，就仿佛这是一件关系到他亲生儿子的生死的大事一般。他什么话都不愿听，一个劲儿地坚持非要施行热敷法不可，除此之外，他还希望他一口气喝下两三杯不太浓的热茶，岂止要热，简直要滚烫才行。他不等征求维尔查尼诺夫的同意，便一个人跑出去把玛芙拉叫了进来。他让她进了厨房，点起了火，烧起了茶炊。同时，他把病人放回到床上，替他脱去外衣，给他盖上被毯。二十分钟之后，热茶已经好了，第一拨敷料也已加热。
>
> “瞧，这会有用的……热乎乎的碟子，滚烫的呢！”他的口气几近狂喜。他把那个用毛巾包上的碟子按在维尔查尼诺夫的胸前。“我们找不到别的可以用来热敷的东西，出去买要花很多时间。这些碟子很管用，我以人格向你起誓，它们绝对管用。我以前亲自做过试验的，在彼得·库兹米奇身上……您知道，那病不然会要了命的！……喏，现在快快喝下这杯茶，不要怕会烫了您的嘴！……还是性命要

紧，这可不是闹着玩的事。”

他把那个可怜的、睡意蒙眬的玛芙拉闹得几乎发疯，每隔三四分钟就要换一次碟子。在换过第三次碟子并且一口气喝下第二杯烫茶之后，维尔查尼诺夫感到一下子轻松了许多。

“好极了，我们终于止住了痛！这可是个好兆头，感谢上帝！”巴维尔·巴甫洛维奇欣喜地大叫。

他高兴地跑去拿另一个碟子和另一杯茶。

“关键是战胜疼痛！关键是我们要压服它！”他不断地喃喃道。

半个小时之后，痛苦几乎完全消失了，但同时，病人也精疲力竭了。尽管巴维尔·巴甫洛维奇一再恳求，他却固执地拒绝用“热碟子再治一会儿”了。他的眼睛虚弱地闭上。

“睡觉，睡觉！”他的嗓音越来越轻。

“好吧，好吧！”巴维尔·巴甫洛维奇终于放开了他。

“您也睡吧……几点了？”

“快两点了……还差一刻钟。”

“您睡吧。”

一分钟以后，病人又呼唤起巴维尔·巴甫洛维奇来，他急忙凑近前，弯下身。

“噢！您……您是一个比我好的人！……”

“谢谢您，睡吧，好好睡吧！”巴维尔·巴甫洛维奇轻声地说。

说完，他蹑手蹑脚地回到他的沙发上去。

当病人蒙眬欲睡时，他还听到他在铺床，悄悄地脱衣，吹灭蜡烛，躺进沙发，从头到尾屏着呼吸，唯恐打扰了他。①

可就在一刻钟之后，维尔查尼诺夫突然警觉到特鲁索茨基在俯身凑向他，要杀死他，原来特鲁索茨基以为他已经睡着了。这一罪行没有任何预谋，或者说几乎没有。

维尔查尼诺夫想道：巴维尔·巴甫洛维奇曾经想杀他，但不知道自己想杀他，这是令人费解而又费解的，然而事实就是这样。②

不过，这一切还不能使他满意。

“那是出自真心的吗？”过了一会儿他自忖道。

“那是出自真心的吗？所有这一切……特鲁索茨基昨天下巴颤抖着，用拳头猛力捶打自己的胸脯，对我表达着他的柔情蜜意时说的这一切都是真心的吗？”

“对，绝对是真心的，”他重复道，颠来倒去地分析着每一件与此有关的事，“他确确实实是在愚蠢而慷慨地爱着他太太的情夫！而在二十年的婚姻生活中，他居然没有怀

① 《永恒的丈夫》。——原注
② 同上。——原注

> 疑过太太的不贞。在九年里，他一直尊敬我，怀念我，珍惜我的每一句话和每一个见解。昨天他绝不可能是在对我撒谎。当昨天他和我谈到要和我‘算一算旧账’时，他是不爱我了吗？不，他爱我，他在恨我之中爱着我。这种爱是最强烈的。”①

最后：

> 只是，那时候他还不知道事情会如何演变，是以拥抱我结束呢，还是以割断我的喉咙收场呢？现在有结果了：最好的、真正的结果。拥抱和尖刀，两个一起来。这个结果完完全全合乎逻辑……②

我花这么多时间分析这本小小的书，是因为它比起陀思妥耶夫斯基的其他小说来更容易把握，因为它同时以恨与爱使我们深入到我刚才谈到的这个深奥的区域，这个并非充溢着爱的区域，这个爱欲达不到的区域。然而，它又是一个那么容易、那么简单就能达到的区域。叔本华向我们谈到它，人类团结的一切感情凝集于此，生命的界限消失于此，个体与时间的意识迷失于此。陀思妥耶夫斯基在它的层次上寻求并找到了幸福的秘密。这一点，我们将在下一次再谈。

---

① 《永恒的丈夫》。——原注

② 同上。——原注

五

在上一讲中，我对你们谈到，陀思妥耶夫斯基似乎在人类本性中区分了三个层次或三个区域，是这样的三个层面：智力思辨的区域、激情的区域——这是夹在前一区域和深层区域之间的中间区域——以及激情所达不到的深层区域。

很显然，这三个层面不是彼此隔绝的，甚至互相之间也没有清楚的界限。它们始终在互相渗透。

在前一讲中，我对你们讲到了中间区域，即激情的区域。戏剧正是在这一区域中，在这一层面上搬演的；不仅是陀思妥耶夫斯基的作品为我们所展现的戏剧，而且还有全人类的戏剧，我们已经看到了初看之下似乎很悖理的事：无论激情有多么动荡和强烈，总的来说，它们并不是什么太重要的东西，或者至少可以说，心灵并不被它们深深地搅动，因为事件不能掌握心灵，心灵对事件并不感兴趣。要说明这一点，没有什么比战争更好的例子了。人们对我们刚刚经历的可怕战争①做了一些调查。他们向文学家询问，战争到底具有或者似乎具有何等的重要性，会引起什么样的精神反响，会对文学产生什么影响？……回答十分简单：没有任何影响，或者几乎没有影响。

我们还是来看看拿破仑帝国的战争吧。试一试来发现它在文学上的反响，试一试来寻找人类心灵在哪些方面被它改变

① 指第一次世界大战。

了……当然，关于拿破仑史诗有一些应景的诗歌，就像当前有不少——而且还是很不少呢——关于第一次世界大战的诗歌那样；但是说到深刻的反响，基本的改变，则没有！并没有一个事件能够引起那些反响和改变，无论这个事件有多么悲壮，多么重要！相反，法国大革命却不一样。但是，法国大革命并不是一个纯粹外部的事件，它并非本来意义上的一个意外事件，我可以说，它不是一种心灵创伤。在这里，事件诞生于人民本身，法国大革命对孟德斯鸠、伏尔泰、卢梭等人作品的影响是巨大的，虽然那些人的作品写于大革命之前。是它们准备了大革命。这也是我们将在陀思妥耶夫斯基的小说中看到的：思想不跟随着事件，它先于事件。最经常的是，激情应该作为从思想到行动的中介。

然而，在陀思妥耶夫斯基的小说中，我们将看到，智力因素有时候会直接与深层区域发生接触。而这一深层区域根本不是心灵的地狱，相反，而是心灵的天堂。

在陀思妥耶夫斯基的作品中，我们看到这种神秘的价值倒转，而这，英国的神秘主义大诗人威廉·布莱克早就对我们谈起过，我在上一次讲座中也已经提到了。根据陀思妥耶夫斯基的说法，地狱是上层区域、智力区域。只要我们稍稍用警惕的眼光来看他的全部作品，我们就会发现，他在贬低智力，当然不是有系统地贬低，而几乎是不自觉地贬低，是一种对智力的福音书式的贬低。

陀思妥耶夫斯基认为，与爱相对立的，倒不是恨，而更是深思熟虑，这一点他并未明说，但有所暗示。对他来说，智力恰恰是使人个性化的东西，是与上帝的王国、与永恒的生命、与那种超乎时间之外的真福相对立的东西，因为要得到永福，就只有放弃个体，投入到某种笼统的团结的情感中去。

叔本华的下面这段话①无疑很能说明问题：

> 于是，他明白到，蒙受痛苦的那一个与应该忍受痛苦的那一个之间的区别，只是一种现象，并不涉及事物的根本，两者心中都有的意志：这一位，被与自身相适应的智力所滥用，不再认识自身面目，在自己的某一表象中寻找一种善意，结果给另一位带来一种极度的痛苦：行为是如此剧烈，他以自己的牙撕裂自身的肌肤，却并不知道，这样一来，他所伤害的是他自身，他通过人格化的中介所表现的，其实是他跟他隐藏于自身内部的自我的冲突。迫害者与被迫害者一体化了。一个弄错了，不认为自己遭受了那份痛苦，另一个也弄错了，不认为自己参与了罪行。假如他们都能擦亮眼睛，那么恶人就会明白，在这宽广的世界上，他自己就生活在任何受苦的造物之中，而当造物具有了理性，便会无谓地问自己，他被召唤来这样活着，这样忍受他不应忍受的痛苦，究竟是为了什么目的。同时，那个不幸者也会明白，大地上所犯的或已经犯下的恶行，都是来自这一意志，它同时也构成了他自身的本质，而他只是它的现象，而作为这一现象，作为对它的肯定，他承

① 见叔本华：《作为意志与表象的世界》卷一（法译本）。——原注

当了所有来源于此的痛苦，他应该忍受它们，他继续作为这一意志多长时间，就应该忍受它们多长时间。

但是，悲观主义（在叔本华的作品中有时甚至会显得很虚假）在陀思妥耶夫斯基那里却让位给了一种狂热的乐观主义：

给我三条性命吧，我恐怕还会嫌不够的。①

这是他借《少年》中的一个人物的口说的。

还是在这本书中：

你居然有那么强烈的生活欲望，就算是给你三条命，你恐怕还会嫌不够的。②

我愿意和你们一起，更深地进入到陀思妥耶夫斯基为我们描绘的，或者他让我们隐约看见的这种真福状态中，他在他的每一本书中，都描绘了这一状态，时间流逝的感觉，还有个体局限性的感觉，全都消失在了这一状态中。

“在这时候，”梅什金公爵说，“我似乎觉得，我懂得了使徒的那句非凡的话：**将不再有什么时间了**。”③

---

① 见《少年》。——原注

② 同上。——原注

③ 见《白痴》。——原注

我们再来读一读《群魔》中的这一段令人信服的话：

> “您爱孩子？”斯塔夫罗金问道。
>
> “是的，我爱他们。”基里洛夫说，口气相当冷淡。
>
> “那么，您也爱生命啦？”
>
> “是的！我也爱生命！这让您觉得很奇怪吗？”
>
> ……
>
> “您相信在另一个世界中的永生吗？”
>
> “不！但我相信在这一世界中的永生。有些时候，对了，您会遇到某些时候，时间会突然停住，让位给了永恒。”①

我还可以引用更多的例子，但是，这些大概已经够了。

我每次读《福音书》时，都会对不断出现的这几个词感到惊讶：“Et nunc”②。从现在起。无疑，陀思妥耶夫斯基肯定也对此感到惊讶：假如人类灵魂否定自己、放弃自己的话，那么，真福，基督所许诺的真福状态就可以立即达到：Et nunc……

我还记得曾经在拉丁文《圣经》中寻找基督对撒玛利亚女人说的话。他给她水喝：“这水将为你而涌出直到永生。”几乎所有的版本都这样写，但拉丁文《圣经》写的却是 In vitam aeternam，意思是“涌出为永生”，而且“从现在起”。

① 《群魔》卷二。——原注

② 拉丁文，意即“从现在起”。

永恒的生命不是（或者至少不仅仅是）一件将来的事。假如我们不能在这个世界中达到它，那我们将来恐怕也没有什么希望达到它了。

关于这一主题，让我们再读一读马克·拉瑟福德[①]的那本有趣的《自传》中的这一段：

> 我日渐衰老，也就更加明白，那种对未来的不断追求，那种来日的强大威力，那种日复一日对幸福的推延，那种前进的推迟，是多么的疯狂。我终于学会了生活在此时此刻中，但是为时已然太晚，我明白了，眼下正照射着我的阳光，跟将来任何时候一样美丽，我也不再没完没了地为未来担忧。但是，在我年轻的时候，我是那种幻觉的牺牲品，出于这种或者那种原因，天性在我们的身上维系着这一幻觉，以至于当我们身处六月份明媚无比的早晨时，我们会去想七月份的早晨，以为那时候的早晨将更明媚灿烂。
>
> 对永生不死的学说，我实在不能说什么，既不能说赞成也不能说反对，我只能说：没有它，人们可能是幸福的，即便在灾难时刻也是这样，而在永生不死中寻见我们世俗行为的唯一动力，那是一种无比夸大的疯狂，这种疯狂通过一个不断向后拖延的希望，掌控了我们大家，掌控了我们整个的生命，最终，等到死亡来临时，我们会连一时半刻的幸福都还没有享受到。[②]

---

① 马克·拉瑟福德（1831—1913），英国小说家、评论家、宗教思想家。

② 从英语译出。——原注

我很愿意感叹一番："假如我不能时刻意识到永生，那么这种永生对我还有什么意义？永生可以从现在起就存在于我们的身上。一旦我们同意自我死亡，同意自我放弃，我们就经历了它，我们就立即在永恒中得到复活。"

这里头既没有药方，也没有命令，只有至福的秘诀，基督在《福音书》中处处这样向我们显示这一秘诀："你们既知道这事，若是去行就有福了。"(《圣经·新约·约翰福音》第13章第17节）他说的不是"你们将有福"，而是"你们有福了"。也就是说，从现在起，我们立即就能进入真福之中。

多么安详啊！在这里，时间真的停止了，在这里，洋溢着永恒。我们进入了天国。

是的，这就是陀思妥耶夫斯基思想的神秘中心，也是基督教伦理学的神秘中心，是幸福的神圣秘诀。个体通过放弃个体性而取得胜利：谁若爱自己的生命，若保护他的个性，谁就将失去它；谁若放弃自己的生命，将使它真正地活着，将保证他有永生；不是未来中的永生，而是从现在起的永生。复活在整个的生命中，忘却任何的个体幸福。哦，多么完美的复归啊！

《群魔》中跟我刚才念到的那一段相接的以下这一段，再好不过地表达了这一对感觉的颂扬，还有这一对思想的抑制：

"您看来很幸福嘛。"斯塔夫罗金对基里洛夫说。

"确实，我很幸福。"后者回答道，那语气平常得像是在回答一个极普通的问题。

“可是不久之前，您还在生气，您还在跟利普京怄气，不是吗？”

“哦，可现在，我不再抱怨了。那时候，我还不知道自己是幸福的人。您见过叶子，注意过树叶子吗？”

“见过。”

“不久前，我见过一片叶子：它发黄了，但上面还保留了一些当初的绿色，尽管它的边缘都烂了。风把它刮走了。我十岁的时候，冬天里会常常故意闭上眼睛，在脑子里重现一片绿叶的景象，叶脉清晰地突现，透出灿烂的阳光。我睁开眼睛，以为自己在做梦，那实在是太美了，于是我又闭上眼睛。”

“这是什么意思？是一种形象比喻吗？”

“不——不……为什么？我从来不用寓意。我只是在说树叶。树叶是美的。一切都很好。”

……

“您是在什么时候知道您是幸福的？”

“上个星期二，或者不如说星期三。是在星期二到星期三的夜间。”

“在什么情境下？”

“我不记得了。这是偶然发生的。我在房间里散步……这没有什么关系。我让钟摆停止了：当时是两点三十七分。”①

---

①《群魔》卷二（纪德原注误为卷一）。——原注

但是，你们会说，假如感觉战胜了思想，假如心灵只熟悉那样一种状态，一种模糊的、空闲的、受一切外来影响支配的状态，那么，除了完全的无政府状态之外，还会有什么结果吗？有人对我们说，有人最近一再地对我们说，这就是陀思妥耶夫斯基学说的致命后果。谈论这一学说会使我们走得太远。假如我现在就对你们说，陀思妥耶夫斯基不会把我们带往无政府主义，而只会带往《福音书》，你们一定不会同意，我相信我已经提前听到了你们的抗议声。因此，我们在这里必须达成一种谅解。对我们法国人来说，基督教的教义，尤其是《福音书》中所包含的教义，往往是通过天主教教会显现的，是由天主教教会来解释的。而陀思妥耶夫斯基讨厌各种教会，特别是天主教教会。他希望直接地、唯一地从《福音书》中接受基督的教诲，而这恰恰是天主教所不允许的。

他的书信中有很多段落抨击了天主教教会。那些指责是如此猛烈，如此断然，如此激动，以至于我不敢在这里念给你们听，但它们为我解释了并让我更加理解了，为什么我每次阅读陀思妥耶夫斯基时都会有那个总体印象：我找不到任何一位作家比他更是基督徒，但又更不是天主教徒。

"正是如此，"天主教徒们会叫喊起来，"我们对您讲过不知多少遍了，看来您也已经明白了：《福音书》、基督的话，如果孤立起来看，只会把我们引向无政府状态；正因为如此，才需要有圣保罗、教会、整个的天主教会。"

我让他们占上风吧。

总之，陀思妥耶夫斯基要把我们引向的，如若不是无政府状态，至少也是一种佛教，一种寂静（我们将看到，在正统教派的眼中，这还不是陀思妥耶夫斯基唯一的异端邪说）。他把我们带得远离罗马教廷（我想说的是教皇通谕），同样也远离世俗的荣誉。

“可是，公爵大人，您是一个正人君子吧？”小说《白痴》中的一个人物这样问梅什金。在陀思妥耶夫斯基笔下的人物中，梅什金公爵可说是最能体现作者的思想或伦理观念的一位——至少在他写出《卡拉马佐夫兄弟》，塑造出阿辽沙和佐西玛长老这两位天使一般的人物之前是如此。那么，他要向我们建议什么呢？一种静修的生活吗？一种排斥了一切智力和一切意志、人只活在时间之外、只知道爱的生活吗？

也许他真的能在这里找到幸福，但是，陀思妥耶夫斯基却不认为人的终结就在这里。梅什金公爵远离祖国，进入到了这一高级状态，他体会到一种迫切的需要，要回到他的故乡去；当年轻的阿辽沙向佐西玛长老忏悔他想在修道院中了此一生的隐密愿望时，佐西玛对他说：“离开这个隐修院，你在外面会更有用：你的兄弟们很需要你。”基督说过这样的话：“我不求你叫他们离开世界，只求你保守他们脱离那恶者。”①

我注意到（而这一点能使我们进入陀思妥耶夫斯基作品中的恶魔部分），《圣经》的绝大多数版本，对基督的这句话是这样翻译的：“叫他们脱离恶”，这里的意思可就大不一样了。确

① 见《圣经·新约·约翰福音》第17章第15节。

实，我所谈到的那些翻译，都是新教的译本。新教的教义有一种倾向，那就是并不太重视天使与魔鬼。我常常以试探的方式问一些新教徒："您相信有魔鬼吗?"每一次，这个问题都令对方惊讶不已。我知道，这是新教徒从来不对自己问起过的问题。他们最终会这样回答我说："当然啦，我相信有恶。"而当我继续追问不停时，他们就会承认，他们在恶里头只看到善的缺乏，这就像在阴影中看到光线的缺乏。在此，我们离《福音书》的文本实在太远了，而《福音书》，实际上多次隐射到一种现实的、真实的、特别的魔鬼般的力量。不是"叫他们脱离恶"，而是"叫他们脱离恶者"。魔鬼的问题，假如我可以这样说的话，在陀思妥耶夫斯基的作品中占据着一个很重要的地位。有些人会在他身上看出一个摩尼教徒。我们知道，伟大的异端祖师摩尼承认在这个世界中有两大原则：善与恶，两个原则是同样的活跃和独立，也同样的不可或缺，在这一点上，摩尼的学说跟查拉图斯特拉的学说十分类似。我们已经能看到——这一点我要再强调一下，因为这是极其重要的一点——陀思妥耶夫斯基让魔鬼居住的地方，不是人的下层区域——尽管整个的人都可能成为它的居所和它的战利品——而是上层区域，即智力的区域，头脑的区域。在陀思妥耶夫斯基看来，恶者对我们的巨大诱惑是智力的诱惑，是一些问题。我想在此提一提长久以来一直表达出了人类持久焦虑的问题，我想这并没有怎么偏离我的话题吧。有这样一些问题："人到底是什么？他是从哪里来的?他要到哪里去？他在诞生之前是什么？他在死亡之后又成为了什么？他要达到什么样的真理?"或者，说得更精确一些："真理是什么？”

但是，自尼采起，从尼采之后，一个新的问题提了出来，那是一个与其他问题迥然不同的问题……与其说，它嫁接在那些问题之上，还不如说，它扰乱了并取代了那些问题；这个问题也包含了他的焦虑，它令尼采焦虑得发狂。这个问题，就是：“人能做什么？一个人能做什么？”这一问题包含着一种可怕的忧虑，即人原本可能是别的东西，原本可能更强，现在也还可以更强，但人可耻地停歇在了第一阶段，丝毫没有考虑到臻于完美。

尼采确实是提出这一问题的第一个人吗？我不敢肯定，但是，对他精神思想形成过程的研究本身会告诉我们，他在希腊人和文艺复兴时期的意大利人身上已经遇到了这一问题，不过，在那些意大利人身上，这一问题立即有了答案，并促使人投入到了实践的领域。意大利人寻找这一问题的答案，他们立即就在行动中、在艺术作品中找到了它。我想到了博尔吉亚家的亚历山大和恺撒①，想到了腓特烈二世（所谓两西西里王的那一位）②，还有莱奥那多·达·芬奇，还有歌德。他们都是创造者，是高级的人。对艺术家和行动家来说，超人的问题是不存在的，或者，至少是立即就解决了的。他们的生活本身，他们的作品，就是一种直接的答案。当问题提出之后找不到答案时，或者说，

① 博尔吉亚家族是西班牙巴伦西亚贵族世系的后裔，定居意大利，在15到16世纪意大利的宗教和政治活动中起过巨大作用。亚历山大可能指该家族中的罗德里戈·博尔吉亚（1431—1503），他后来成了教皇亚历山大六世。而恺撒·博尔吉亚（1476—1507）是前者的私生子，曾做过主教和大主教。

② 腓特烈二世（1154—1250），神圣罗马帝国皇帝、德意志国王和西西里国王。

问题提出后迟迟没有等到答案时，焦虑便开始了。会思考、会想象却不行动的人，是在毒害自己。我愿意在此再一次为你们援引威廉·布莱克的话："有欲望却不行动的人生出恶臭。"尼采正是被这种恶臭毒害死的。

"一个人能做什么？"这个问题，是无神论者的问题，而陀思妥耶夫斯基却很好地理解了它，因为，正是对上帝的否定不可避免地引出了对人的肯定：

"没有上帝吗？那么……那么一切都是允许的。"我们在《群魔》中听到这话。我们在《卡拉马佐夫兄弟》中再一次读到了它。

> 假如上帝存在，一切便取决于他，我不能做任何有违他意愿的事情。而如果他不存在，一切便取决于我，我必须肯定我的独立性。①

如何肯定自己的独立性？焦虑就在这里开始了。一切都被允许。什么？一切！一个人能做什么？

我们每一次在陀思妥耶夫斯基的作品中看到他的一个人物对自己提出这一问题，我们就可以确信，不久后，我们就该见识到他的崩溃了。我们首先看到拉斯柯尔尼科夫，这一思想首先是在他的身上形成的；而这样一个思想，到了尼采那里，变成了超人的思想。拉斯柯尔尼科夫写了一篇多少有些颠覆性的

① 《群魔》卷二。——原注

文章，他在文章中阐述道：

> 人分为**普通人**和**非凡人**：第一类应该生活在屈从中，他们没有权利违背法律，他们是一些普通人。第二类有权利犯各种罪行，践踏各种法律，唯一的理由就是，他们是非凡的人。

波尔菲尔认为，这篇文章的概要至少可以这样归纳。但是拉斯柯尔尼科夫并不同意：

> “不完全是这样，”他以简单而又谦虚的口气开始说，“我承认，您几乎准确地复述了我的思想，甚至可以说是十分准确地……（他说这些词的时候，带着一种乐趣），只不过，我并没有像您说的那样说过，非凡的人必须时时犯各种各样的罪行。我想，我们的书刊检查制度也不会允许这样的文章发表吧。我提出的是这个：‘非凡人有权允许自己的意识超越某些障碍，但这只是为实现自己的思想所必需的，而这个思想可能对整个的人类有益。’”
>
> ……
>
> “我还记得，在我文章的下文中，我强调了这样的一个思想，即人类的所有立法者和引路人——从最古老的那些人开始——都毫无例外地是罪犯，因为，在制定新的法令的时候，他们践踏了那些由社会忠实地遵守、由祖先代代相传的旧法令。

“甚至还应该看到，几乎所有这些善行人和引路人，都曾经是嗜血成性的人。由此，不仅所有的伟大人物，而且所有那些多少超然于普通水平之上的人，能说出一些新东西的人，都必然是罪犯，这是他们的天性使然——当然，他们犯罪的程度会有所不同。不然的话，他们很难超越常规。要他们乖乖地留在常规之中，他们肯定不乐意，而且，依我看来，他们的职责本身也禁止他们如此。”①

在这里，我顺便提请大家注意一下，尽管拉斯柯尔尼科夫做了这样一番声明，他仍然是一个信徒：

“您相信上帝吗？请允许我这样好奇地问您。”

“我相信。”青年人说着，抬起头来望着波尔菲尔。

“还……相信拉撒路的复活吗？”

“相信。可是您为什么要问这个？”

“您不折不扣地相信？”

“不折不扣。”②

在这一点上，拉斯柯尔尼科夫跟陀思妥耶夫斯基笔下其他的超人不同。

“对狮子和牛实行同一法律，就是压迫。”布莱克这样说过。

拉斯柯尔尼科夫只是对自己提出了问题，却没有采取什么

① 《罪与罚》卷一。——原注

② 同上。——原注

行动来解决它，仅仅这一点，就表明他并不是一个超人。他的失败是彻底的。他一时一刻都没有摆脱对自身平庸性的清醒意识。正是为了向自己证明他是一个超人，他把自己推向了罪行。

> “一切都在这里，”他自言自语地重复道，“只要有胆量就成。从这个真理出现在我的眼前，如阳光一样明亮的那一天起，我就想显示一下我的胆量，我就杀了人。我只是想证明我的大胆。”①

后来，在犯罪之后：

> “假如一切可以重来一次，”他又说，“我也许就不会干了。但是，当时，我急于知道，我究竟是一个跟别人一样的卑鄙小人，还是一个真正意义上的人，我想知道，我身上是不是有足够的勇气超越障碍，我是不是一个战战兢兢的人，我是不是有权……”②

此外，他并不接受自己的失败。他并不接受自己大胆的行为是错了这一事实。

> 只因为我失败了，我才是一个可怜虫！假如我成功了，人们会为我编织桂冠，而现在，我只能被他们拿去喂

① 《罪与罚》卷二。——原注
② 同上。——原注

狗了。[①]

在拉斯柯尔尼科夫之后，是斯塔夫罗金或者基里洛夫，是伊凡·卡拉马佐夫或者《少年》中的少年。

他的这些智力型人物的失败也是在于这一点，即陀思妥耶夫斯基认为，智力高的聪明人几乎没有行动的能力。

《地下室手记》是在《永恒的丈夫》之前不久写的，我认为这本小书是他写作生涯的顶峰，是他的扛鼎之作，或者，如果你们愿意，可以说是打开他思想的钥匙。我们将看到他“思想者不行动……”这一思想的各个侧面，从这一思想出发，可以推理出另一种思想，即行动以平庸的智力为前提。两种思想之间只有一步之遥。

《地下室手记》这本小书，从头到尾始终是一篇独白。我们的朋友瓦莱里·拉尔博[②]最近说过，《尤利西斯》的作者詹姆斯·乔伊斯是这种叙述形式的发明者，我认为这样说未免过于武断。这样说就忘记了陀思妥耶夫斯基，甚至还忘记了爱伦·坡，尤其是忘记了布朗宁[③]，当我重读《地下室手记》的时候，我不能不想到他。我觉得，布朗宁和陀思妥耶夫斯基把独白这一文学形式，一下子提高到了它所能到达的精细而又多样化的完美状态。

我把这两个人名相提并论，可能会让某些文人吃惊，但是

---

① 《罪与罚》卷二。——原注

② 瓦莱里·拉尔博（1881—1957），法国作家。

③ 罗伯特·布朗宁（1812—1889），英国诗人。

我不能不这样做，在布朗宁的某些独白和陀思妥耶夫斯基的一些小故事之间，某些深刻的相似性——不仅在形式上，而且在材料上的相似性——不能不让我感到惊讶。在布朗宁这一方面，我尤其想到《我最后的公爵夫人》《波菲丽娅的爱人》，还有《指环与书》中蓬皮丽娅的丈夫的两次陈述；而在陀思妥耶夫斯基这一方面，则是《作家日记》中一篇叫《克罗特卡亚》(我想，它的意思是“羞涩的女人”，在最近的一个译本中，它就是被翻译成了这个词）的故事。但是，除了他们作品的形式和方式之外，布朗宁和陀思妥耶夫斯基的共同点，在我看来，还有他们的乐观主义，这是一种与歌德的乐观主义并没有太多相似之处的乐观主义，不过，它倒是跟尼采和伟大的威廉·布莱克颇为接近，因此，我必须跟你们来谈一谈。

是的，尼采、陀思妥耶夫斯基、布朗宁和布莱克，是同一星座中的四颗星。在很长时间里，我不知道有布莱克，但是，当我最近终于发现他时，我似乎立即就认了出来，他就是“小熊星座”的第四颗星；我就像天文学家那样，在发现某颗星星之前，天文学家可能长期地感到它的影响，探索它的位置，我则可以说，长期以来，我就预感到了布莱克。这是不是等于说，他的影响很大呢？不，正相反，就我所知，他并没有产生什么大的影响。即便在英国，至今为止，他几乎还是默默无闻。这是一颗十分纯澈、十分遥远的星星，它的光芒才刚刚到达我们这里。

对他最有意义的作品《天堂与地狱的婚姻》，我将援引几句，以便我们更好地理解陀思妥耶夫斯基的某些特点。

我在上文中引用的他的那句话“有欲望却不行动的人，生出恶臭”——出自他的《地狱箴言》——我认为可以用作陀思妥耶夫斯基的《地下室手记》的题词，或者，我们可以用另外的一句：“死水中只能等到毒药。”

“19世纪的行动者是没有人格的人。”这是《地下室手记》中的主人公——假如我们可以称之为主人公的话——所说的。按照陀思妥耶夫斯基的说法，行动者必然精神平庸，因为高傲的精神自己就妨碍了自己行动；他在行动中看到了对自身思想的一种连累，一种限制。行动的人，将是一个彼得·斯捷潘诺维奇，一个斯梅尔佳科夫①（在《罪与罚》中，陀思妥耶夫斯基还没有对思想者和行动者作出这一区分）。

思想不行动，但它促使行动。在陀思妥耶夫斯基的好几部小说中，我们看到这一奇怪的角色分工，这一令人不安的关系，这一隐秘的默契，一方面，是一个思想着的人，另一方面，是在前者的启迪下代替他行动的人。你们都还应该记得伊凡·卡拉马佐夫、斯梅尔佳科夫、斯塔夫罗金，还有被斯塔夫罗金称为他的“猴子”的彼得·斯捷潘诺维奇吧。

在陀思妥耶夫斯基的第一部杰出小说《罪与罚》中，我们就能找出他最后一本小说《卡拉马佐夫兄弟》中思想者伊凡和他的仆人斯梅尔佳科夫之间奇特关系的最初版本来，这难道不是一件耐人寻味的事吗？他在《罪与罚》中谈到了某个费尔佳，是斯维德里盖洛夫的仆人，他上吊死了，不是为了逃避主人的

① 彼得·斯捷潘诺维奇是《群魔》中的一个人物，而斯梅尔佳科夫是《卡拉马佐夫兄弟》中卡拉马佐夫家的仆人。

殴打，而是为了避免他的挖苦讽刺。“这是一个疑神疑鬼的人，一个仆人哲学家……他的伙伴们说，是书本扰乱了他的头脑。”①

在所有这些下等人、这些“猴子”、这些仆役的身上，在所有这些替知识分子行动的人身上，有着对精神恶魔般的优越性的一种爱，一种崇拜。在彼得·斯捷潘诺维奇眼中，斯塔夫罗金享有一种登峰造极的权威，而这个知识分子对这下人的藐视，同样也是登峰造极的。

> “您要不要我把一切真相都告诉您？”彼得·斯捷潘诺维奇这样对斯塔夫罗金说，“您瞧，这一想法一时间里来到我的头脑中（这一想法，是一次可怕的凶杀）。是您本人启发了我，尽管您没有赋予它什么重要性，没错，您只是在戏弄我，因为您并没有很严肃地启发我。”②
>
> ……
>
> 在热烈的谈话中，彼得·斯捷潘诺维奇与斯塔夫罗金靠得越来越近了，并抓住他燕尾服的翻领（兴许他是故意这样做的），但是，他的胳膊上突然挨了猛烈的一记打，迫使他松开了手。
>
> “我说，您想干什么呢？小心一点嘛，您都快把我的胳膊打折了。”③

① 《罪与罚》卷二。——原注
② 《群魔》卷二。——原注
③ 同上。——原注

伊凡·卡拉马佐夫对斯梅尔佳科夫也有类似的粗暴行为。

再看《群魔》中的下文：

> “尼古拉·弗谢沃诺多维奇，请您像在上帝面前那样说话吧：您是有罪的人，是不是？我起誓，我会相信您的话的，如同相信上帝的话，我会陪同您一直走到世界的尽头，哦！是的，无论到哪里，我都跟您在一起！我会像一条狗那样跟随着您……”①

最后：

> “我是一个小丑，我知道，但是，我不愿意让您，我自身的最美好部分，也成为一个小丑！”②

知识分子很高兴统治对方，但是，同时，他也被对方所激怒，因为对方那笨拙的行动，似乎成了对他自己的思想的一种讽刺。

陀思妥耶夫斯基的书信集，使我们得以了解他作品的创作过程，尤其是关于《群魔》的创作过程，我本人认为，这部作品十分了不起，是这位伟大小说家的最有力、最精彩的作品。在这里，我们见识了一种非常特殊的文学现象。陀思妥耶夫斯

---

① 《群魔》卷二。——原注

② 同上。——原注

基原来想写的书，与我们现在看到的书，有着相当大的不同。在他创作的时候，一个新的人物，他开始时几乎根本就没有想到过的人物，闯进了他的头脑，并逐渐占据了首要的地位，把原来的主要人物赶到了一边。“从来没有过一部作品让我写得如此辛苦。”1870 年 10 月，陀思妥耶夫斯基在德累斯顿写道：

> 最开始，也就是去年夏天快结束时，我把这件事看作已经研究好了，构建好了，我居高临下地看着它。随后，真正的灵感出现了，突然，我爱上了它，这部作品，我双手紧紧地捧着它，我开始删除最初写下的东西。今年夏天，又出现了一种变化，一个新的人物冒了出来，并试图成为**小说真正的主人公**，以至于早先的一号人物不得不退居次席。这是一个很有趣的人物，但又不配当真正的主人公。新人物让我感到如此兴奋，于是，我再一次重新来写我的整个作品。①

他现在给予了全部注意力的这一个新人物，就是斯塔夫罗金，兴许是陀思妥耶夫斯基创作中最古怪、也是最令人困惑的一位。在作品的结尾，斯塔夫罗金做了一番自我解释。在陀思妥耶夫斯基的作品中，每一个人物往往都会出来，在某一时刻，而且常常以出人意料的方式，脱离故事情节，说那么几句话，解释一下自己的性格，很少有人物不这样出来的。下面，就是

① 《书信集》。——原注

斯塔夫罗金说到自己时的那番话：

没有任何东西让我依恋俄罗斯，在那里跟在别处一样，我感到自己是异乡人。其实，在这里（瑞士）的生活比在任何其他地方都更难以忍受，但是，即便是**在这里，我也不能憎恨任何什么**。我考验了我的力量。您曾经建议我这样做的（以便更好地了解自己）。在这些试验中，在我以往的全部生活中，我显现出了自己的强有力。但是，怎么去用这一力量呢？这是我从来不曾知道的，是我到现在还不知道的。我能够，就像我一直所能的那样，感受到一种做好事的欲望，我为此而感到快乐。与此同时，我还渴望作恶，我同样感到作恶的满足。①

我将在我的最后一次讲座中，再来谈被陀思妥耶夫斯基认为十分重要的这一声明的第一点，即斯塔夫罗金与自己祖国的脱离。今天，我们只局限于来看看让斯塔夫罗金左右为难的双重吸引力。

波德莱尔说过，每一个人的身上，都有着两种倾向，一种朝向上帝，一种朝向撒旦。

实际上，斯塔夫罗金所钟爱的，仅仅是活力。对这一神秘

① 《群魔》。——原注

的性格，我们还是向威廉·布莱克请教一下解释吧。布莱克说："活力是唯一的生命，活力是永恒的快乐。"

再来听听这几句箴言吧："无节制的道路通向智慧的宫殿"，或者"疯子若坚持疯狂，就能成为智者"，还有"只有了解了无节制的人，才知道满足"。在布莱克那里，对活力的那种赞赏以各种最为不同的方式表现出来："狮子的咆哮，狼的嗥叫，大海的怒吼，毁灭性的利剑，是永恒的巨大块垒，大得人眼是看不到的。"

让我们再读一读这些："水池蓄水，水泉溢水。"还有："愤怒的老虎比有学问的马更有智慧。"最后，还有他的《天堂与地狱的婚姻》开头的那句话，陀思妥耶夫斯基似乎并不了解它，却把它的思想据为己有："没有对立，就没有进步；吸引力与排斥力，理智与活力，爱与恨，对人的存在都是同样必不可少的。"他还说："大地上现在和将来永远都有这两种对立的倾向，它们互相为敌。试图将它们调和，就是企图摧毁人类的存在。"

在威廉·布莱克的这些"地狱箴言"之外，我还要加上两条我自编的箴言："怀着美好的情感，只能写出糟糕的文学。"还有："没有跟恶魔的合作，就没有艺术作品。"是的，不错，任何一部艺术作品都是一个接触点，或者，假如你们更愿意这样说的话，是一枚天堂与地狱的结婚戒指。威廉·布莱克告诉我们："之所以弥尔顿在描绘上帝和天使时写得束手束脚，之所以他在描绘恶魔和地狱时写得自由奔放，那是因为，他是一个真正的诗人，他不知不觉地站在了魔鬼一边。"

陀思妥耶夫斯基一生都同时为对恶的厌恶和对恶的必然性的认可所苦恼（通过恶，我同时也指痛苦）。我在读他的作品时，想到了田地主人的寓言：“仆人说：‘假如你愿意的话，我们去把稗草拔掉好了。’主人说：‘不必啦，容稗子和麦子一起生长吧，等到收割。’”①

> 两年多以前，我有机会遇见瓦尔特·拉特瑙②，他来中立国看我，跟我一起过了两天，我就当今的时事问过他，尤其问过他对布尔什维克主义和俄国革命的看法。他回答我说，当然，他为革命者所犯下的那么多的破坏行为所痛苦，他觉得这是骇人听闻的……不过，他又说：“但是，请相信我，只有沉入到痛苦之中，沉入到**罪恶的深渊**中，一个民族才可能意识到它自身，同样，一个个人也才可能意识到他自己的灵魂。”

他还说：“正是由于没有接受痛苦和罪恶，美洲才还没有它自己的灵魂。”

所以，当我们看到佐西玛长老跪在德米特里面前，看到拉斯柯尔尼科夫跪在索尼娅面前，我可以对你们说，他们跪拜的不仅仅是人类的痛苦，而且还有人类的罪恶。

让我们不要误解陀思妥耶夫斯基的思想。我再说一遍，假如他明确地提出了超人的问题，假如我们看到这一问题偷偷地出现在他的每一本书中，根本上占了上风的只是《福音书》的真理。陀思妥耶夫斯基只是在个人的自我放弃中看到了拯救，想

---

① 事见《圣经·新约·马太福音》第13章第28—30节。

② 瓦尔特·拉特瑙（1867—1922），德国政治家和实业家。

象到了拯救。但是，另一方面，他也暗示我们，人只有在达到忧伤的极限时，他才最接近上帝。只有在这一时刻，才会迸发出这样的一声呼喊："主啊，你有永生之道，我们还归从谁呢？"①

他知道，这一声呼喊，人们是不能从正人君子的口中听到的，它不会来自永远知道走向何方的人，自认为对自己、对上帝都循规蹈矩的人，而是来自不知道该去何处的人之口！"您明白这意味着什么吗？"马美拉多夫对拉斯柯尔尼科夫说，"您知道这些词意味着什么吗：'不再有什么地方可去？'不，您还不明白这个。"② 只是在超越了他的忧伤和他的罪恶，甚至超越了惩罚后，只是在退出了人类社会之后，拉斯柯尔尼科夫才直接面对了《福音书》。

我今天对你们说的话里头，可能有不少模糊的地方……但是，陀思妥耶夫斯基也许同时应该对此负责。布莱克这样对我们说："文化教养划出的道路是直的，但是，曲折的、没有益处的道路才是天才走的道路。"

总之，陀思妥耶夫斯基确信，我也确信，在《福音书》的真理中是没有什么模糊的，重要的在于这一点。

六

我觉得，我还有许多重要的东西要对你们说，这让我颇感为难。我从一开始就对你们讲过，你们也都明白，陀思妥耶夫

① 见《圣经·新约·约翰福音》第6章第68节。

② 《罪与罚》卷一。——原注

斯基对于我，常常是一个借口，我是在借他表达我自己的思想。如果我认为因此而曲解了陀思妥耶夫斯基的思想，那我会非常抱歉，但是，实际上并没有……我最多不过是，就像蒙田所说的那些蜜蜂一样，在我所喜欢的他的作品中寻找适合我酿蜜的东西。一幅肖像，无论它有多么逼真，总是会很像画家自己，几乎跟模特儿一样像。模特儿无疑是最令人赞赏的，他总能引导出千变万化的相似性，并且借给众多的肖像来用。我试了试陀思妥耶夫斯基这个模特，我觉得我还没有穷尽他的相似性。

让我为难的还有，对我的前几次讲座，我觉得还有许多修改要做。每做完一次讲座，我都会立即发现，原来打算要对你们说的话却忘记说了。比如说，上个星期六，我本来想对你们解释一下，为何*怀着美好的情感只能写出糟糕的文学*，还有，*没有跟恶魔的合作，就没有真正的艺术作品*。这一点，对我来说是显而易见的，可对你们来说也许有些悖理，因此需要稍微解释一下。（我很讨厌悖理，从来不寻求语出惊人，但是，假若我没有什么新东西可对你们说，那我就根本不用打算开口，而新的东西，看上去总是有些悖理的。）为了帮助你们接受这后面一个真理，我原打算请你们多多地注意一下阿西西的圣方济各和安吉利科[①]这两个形象。安吉利科之所以能成为一个伟大的艺术家——在整个的艺术史中，我挑选他这位最纯洁的人物作为最令人信服的例证——是因为，尽管他十分纯洁，他的艺术要

① 安吉利科曾画过阿西西的圣方济各的像。

想成为真正的艺术，他还是不得不接受与魔鬼的合作。没有魔鬼的参与，就没有艺术品。圣人不是安吉利科，而是阿西西的圣方济各。在圣人当中，是没有艺术家的，同样，在艺术家当中，是没有圣人的。

一部艺术品就好比抹大拉的马利亚不会为耶稣而洒的那一瓶香膏[①]，艺术家不洒香膏，他的作品为我们保留着香膏。关于这一点，我曾向你们援引过诗人布莱克惊人的话语："之所以弥尔顿在描绘上帝和天使时写得束手束脚，之所以他在描绘恶魔和地狱时写得自由奔放，那是因为，他是一个真正的诗人，他不知不觉地站在了魔鬼一边。"

三只销钉支撑着任何艺术作品的织机，那就是使徒所谈到的三种贪欲："眼睛的贪欲，肉体的贪欲，还有生命的骄傲。"你们还记得拉科尔代尔[②]的话吗？当他刚刚做完一次动人的布道后，有人上来祝贺他，他回答说："在您之前，魔鬼早就对我说过了。"如果魔鬼本身没有参与他的布道，那么，魔鬼就不会对他说他的布道很美，它根本就不会有什么话好对他说了。

在引用了席勒的《欢乐颂》的诗句之后：

> 德米特里·卡拉马佐夫欢呼道："美啊，这是多么可怕又多么可恶的东西！魔鬼正是走进了这里与上帝搏斗，而

① 关于抹大拉的马利亚洒香膏在耶稣脚上的故事，见《圣经·新约·约翰福音》第12章第3—8节；《圣经·新约·马太福音》第26章第7—13节。

② 亨利·拉科尔代尔（1802—1861），法国教士，多明我会修士。

那个战场，就是人的心灵。”①

没有一个艺术家像陀思妥耶夫斯基那么漂亮地让魔鬼参与到他的作品中去，除了那位布莱克，他曾说过——这是他那本精彩的小书《天堂与地狱的婚姻》中的最后几句话：

> 那个天使，现在变成了魔鬼的那一个，是我要好的朋友：我们常常在一起读《圣经》，从地狱或魔鬼的意义上来理解它。假如世界表现得正常，那么，它也会在《圣经》中发现这一意义的。

同样，我一走出这个剧场时，我就会马上意识到，我在引用威廉·布莱克的《地狱箴言》中某些惊人的话语时，我忘了给你们读一读《群魔》中的那些片段，正是这些片段让我想到要引用布莱克的那些话。因此，请允许我在今天为那一遗忘做个弥补。此外，你们还能在这个片段中欣赏到我在前几讲中提到的几种不同因素的融合（以及混杂），首先是乐观主义，那种对生命——这在陀思妥耶夫斯基的每一本书中都有——对生命、对全世界的野性的爱，对布莱克所说的老虎与羔羊共存的“广阔的欢乐世界”的爱②。

> “您爱孩子？”

---

① 《卡拉马佐夫兄弟》卷三（按照德语译本）。——原注

② 《群魔》卷一。——原注

“是的，我爱他们。”基里洛夫说，口气相当冷淡。

“那么，您也爱生命啦?”

“是的，我也爱生命。这让您觉得很奇怪吗?”

“可您决心开枪自杀。”

同样，我们也看到，德米特里·卡拉马佐夫在一种乐观主义情绪的发作中，基于一种纯粹的热情，也准备自杀。回头再看基里洛夫：

“听我说，为什么要把两个根本不同的东西混为一谈呢？生命是存在的，而死亡是不存在的。”

……

“您看来很幸福嘛，基里洛夫。”

“确实，我很幸福。”后者回答道，那语气平常得像是在回答一个极普通的问题。

“可是不久之前，您还在生气，您还在跟利普京怄气，不是吗?”

“哦，可现在，我不再抱怨了。那时候，我还不知道自己是幸福的人……人之所以不幸，仅仅是因为他不知道自己幸福。谁知道自己幸福，谁就立即变得伟大……一切都很好。我突然发现了这一点。”

“假如您饿得要死，假如您强奸了一个小女孩，那同样也很好吗?”

“是的，对于知道一切原本就是那样的人来说，一切都很好。”

对于陀思妥耶夫斯基作品中经常出现的这种表面上的凶残，我们切莫误解。它是寂静主义的一部分，和布莱克的寂静主义相似，正是由于这一寂静主义，我才说，陀思妥耶夫斯基的基督教离亚细亚比离罗马更近。然而，陀思妥耶夫斯基对活力的接受——而在布莱克那里，这一接受甚至变成了一种歌颂——更属于西方而非东方。

然而，布莱克和陀思妥耶夫斯基两人都太着迷于《福音书》的真理了，他们无法不认为，这一凶残只是暂时的，是某种盲目性的暂时后果，也就是说，是注定要消失的。

只向你们介绍布莱克的残酷一面，是对他的背叛。与我刚才引用的可怕的《地狱箴言》相反，我现在倒是很希望能给你们念一念他的一首诗，兴许是《天真之歌》中最美丽的一首——然而，谁敢翻译一首如此流畅的诗呢？——在这首诗中，他宣告和预见了那样一个时代，那时候，狮子的力量将只用于保护软弱的羔羊，用于看护畜群。

同样，如果我们将《群魔》中这段惊人的对话延续下去，我们就将听到基里洛夫补充说：

> 他们不善良，既然他们并不知道自己善良。等他们将来知道了，他们也就不再强奸小姑娘了。他们必须知道自己是善良的，这样，他们就将立即变得善良，无一例外。①

---

① 《群魔》卷一。——原注

对话继续着，我们将看到人-神这个概念的出现：

“如此说来，您原来知道这个，您是善良的？”

“是的。”

“在这一点上，我同意您的看法。”斯塔夫罗金皱着眉头，喃喃地说道。

“谁将告诉人们他们是善良的，谁就将完成世界。”

“告诉他们的那个人被他们钉上了十字架。”

“他会来的，他的名字是人-神。”

“神-人？”

“人-神，这是有区别的。”

取代了神-人概念的这一人-神的概念，把我们带向了尼采。在此，我想就“超人”的学说再说上几句补充的话，以区别于一种过于轻信、过于轻率的看法。如果说，尼采的超人——它与拉斯柯尔尼科夫和基里洛夫所认为的超人是有区别的——的格言是“变得无情”，这一格言常常被人引用，却也常常被人歪曲，那么，他要表现的这一无情，不是针对别人的，而是针对自己的。他要超越的人性，是他自己的人性，简而言之，尼采和陀思妥耶夫斯基从同一问题出发，对它提出了不同的、相反的解决办法。尼采提出肯定自我，认为这是生命的目的。陀思妥耶夫斯基提出放弃自我。尼采预感到的一个顶点，陀思妥耶夫斯基只在那里看到失败。

我是在一位男护士的来信中读到这个的，他很谦虚，不许我透露他的名字。那是在那次战争最黑暗的岁月中①，在他的周围，他看到的只是难以忍受的痛苦，他听到的只是绝望的话语。他写道："啊！但愿他们知道，他们的痛苦也是一种贡献！"

在这一声呼喊中，有着那么多的光明，用不着我在此做什么解释。我最多只能将它跟《群魔》中的这句话做个比较：

> 当你用你的眼泪浇灌土地，**当你献出眼泪当礼物**，你的忧伤将立即消失，你将得到极大的安慰。②

这里，我们离帕斯卡尔的"彻底的甜蜜的放弃"已经很近了，他曾喊道："欢乐！欢乐！欢乐的眼泪！"

我们在陀思妥耶夫斯基的作品中发现的这一欢乐状态，恰恰就是《福音书》为我们所建议的状态，基督所称的新生允许我们进入其中的状态；这种真福是靠我们放弃我们身上个体的东西才能获得的；因为，依恋我们自己只会妨碍我们投入到永恒之中，妨碍我们进入到天国之中，妨碍我们分享普遍生命的朦朦胧胧的感觉。

这一新生的第一个效果，就是把人们拉回到童年的最初状态："你们若不回转，变成小孩了的样式，断不得进天国。"③关

① 指第一次世界大战，当时，纪德有朋友在军队的卫生部门中服役。
② 《群魔》卷一。——原注
③ 《圣经·新约·马太福音》第18章第3节。

于这一点，我要为你们援引拉布吕耶尔的这句话——孩子们既没有往昔，也没有未来，他们生活在现时——而成人就做不到那样。

“现在，”梅什金对罗果静说，“我似乎明白了使徒‘将不再有时间’这句不同寻常的话。”

这种对永生的立即加入，我们已经对你们说过了，《福音书》教导我们要如此，而在《福音书》中，“Et nunc，从现在起”一词不断地出现。基督对我们所说的欢乐状态，是一种现时的状态，而不是未来的状态。

> “您相信在另一个世界中的永生吗？”
>
> “不！但我相信在这一世界中的永生。有些时候，对了，您会遇到某些时候，时间会突然停住，让位给了永恒。”①

在《群魔》的末尾，陀思妥耶夫斯基再一次回到了基里洛夫所达到的这一奇异的真福状态。

让我们来念一念这一段，它有助于我们更深地进入到陀思妥耶夫斯基的思想中，接触到我要对你们说的一个十分重要的真理：

> “有些时刻——它们往往只是连续的五六秒钟——您突

① 纪德在第五次讲座中已经引用了这一段，见上文。

然感觉到存在着永恒的和谐。这一现象既不是上天的，也不是尘世的，却是披着尘世外衣的人们所不能忍受的。必须作身体上的转变或者死亡。这是一种清楚的、不容置疑的情感。您仿佛突然之间跟整个大自然产生了接触，您说：‘是的，这是真的。’当上帝创造世界时，在创世的每一天结束时，他都说：‘是的，这是真的，这是好的。’这是……这不是感动，而是欢乐。您不宽恕任何东西，因为，没有什么东西可以宽恕。您也不是在爱，啊，这种感觉远胜于爱！最可怕的，是这一状态令人惊讶的鲜明无误，是它让您充满了欢乐。假如这状态持续五秒钟以上，心灵就无法抵抗它，不得不消失。在这五秒钟期间，我体验了全人类的整个存在，为此，我甘愿献出我的整个生命，而这也不算太高的代价。要承受十秒钟这样的状态，身体必须发生变化。我想人类应该停止生育。为什么还要孩子，为什么还要发展，假如目的已经达到？”

“基里洛夫，你常常发生这样的情况吗？”

“有时候每隔三天，有时候每隔一星期。”

“你没患癫痫病吧？”

“没有。”

“那么，你会患上癫痫病的。你要小心，基里洛夫。我听说，这个病最开始的时候就是这样的。一个得这种病的人详细地跟我讲过发病之前的感觉，您刚才说的，我也听他曾经说过。他也对我说过什么五秒钟，还有什么无法更久地承受这一状态。您还记得穆罕默德的水罐吗？就在水罐倒水期间，这位先知在天堂中驰骋。水罐，那就是五秒钟；而天堂，那就是您的和谐；而穆罕默德，就是癫痫病患者。您要提防这个病，基里洛夫。”

“我来不及提防了。”工程师回答说，脸上带着一丝平静的微笑。

在《白痴》中，我们同样也听到梅什金公爵——他也经历过这种和谐状态——把它跟自己所犯的癫痫病联系在一起。

因此，梅什金公爵有癫痫病，基里洛夫有癫痫病，斯梅尔佳科夫有癫痫病。在陀思妥耶夫斯基的每一部著名小说中都有一个癫痫病人。我们知道，陀思妥耶夫斯基本人也有癫痫病，他执意地让癫痫病人进入到他的小说中，足以说明，他认为，癫痫病这一疾病对他伦理道德观的形成过程，对他思想的发展过程起过某种作用。

在每次巨大的精神改革的源头中，如果我们仔细地找，我们总会找到一个小小的生理秘密，一种对肉体的不满足，一种焦虑不安，一种不正常。在这里，请原谅我援引我自己的话，但是，假如我用的不是同样的字词，我就不能十分清晰地对你们说清楚同一件事。

一切巨大的精神改革，即尼采所谓的价值蜕变，都是由一种生理的不平衡所引起的，这是很自然的。在顺境中，思想休息，只要状况让它满意，它就不会想到要去改变状况（我指的是内心状况，因为，就外部的或社会的状况而言，改革的动机完全不同；第一种有化学家们，第二种有机械师们）。在一种改革的源头，总存在着某种别扭；改革者所体验到的别扭是一种内心不平衡的别扭；它会向改革者提出一些不同的强度、方位、精神价值，改革者则努力将它们调整好，以追求新的平衡，他的作品只是一次尝试，尝试着按照他的理性和逻辑，将他自己感觉到的自身混乱进行重新组织，因为他无法忍受那种不顺从状态。当然，我并不是说，只要不平衡就行，就能成为改革者，我是说，任何的改革者首先是一个精神不平衡的人。①

我实在不知道，在任何一个改革者身上，即向人类提出新的估价的人身上，不存在被比内-桑格莱先生称作缺陷的东西。②

穆罕默德有癫痫病，以色列的先知们有癫痫病，还有路德，还有陀思妥耶夫斯基，他们都有癫痫病。苏格拉底有他的魔鬼，圣保罗有他神秘的“肉中刺”，帕斯卡尔有他的深渊，尼采和卢梭有他们的疯狂。

谈到这里，有人可能会说：“这并不新鲜。这恰恰是龙布罗索或诺尔多③的理论：天才是一种神经官能症。”不，不，别那

---

① 见《选集》。——原注

② 比内-桑格莱先生写过一本书，题目叫《耶稣基督的疯狂》，在其中，他试图否定基督和基督教教义的重要性，他认为基督是疯了，他有一种生理上的缺陷。——原注

③ 切萨雷·龙布罗索（1835—1909），意大利医生和犯罪心理学家。诺尔多（1849—1923），法国心理生理学家。

么快就说你们已经理解了我，请允许我再强调一下这在我看来极其重要的一点。

有一些天才是十分健康的，例如维克多·雨果：他所享有的内心平衡不对他提出任何新问题。卢梭假如不发疯，兴许也只是一个缺乏条理的西塞罗。请不要对我们说："他得了病，多么可惜啊！"假如他没有得病，他就不会试图去解决他的反常所提出的问题，就不会去寻求一种并不排除其不协调的和谐。当然，有一些改革者十分健康，但那是一些立法者。内心完全平衡的人也可以带来一些改革，但那是人的身心之外的改革：他建立规范。而反常的人则相反，他要逃避已确立的现成规范。

陀思妥耶夫斯基受自己病情的启发，设想出一种病态，并让这一病态为他的某个人物带来另一种不同的生活模式。例如《群魔》中维系着整个故事情节的关键人物基里洛夫。我们知道基里洛夫要自杀，并不是他马上就要自杀，而是他打算自杀。为什么自杀？这个问题，我们只是到小说快结束时才知道。

> "您想自杀的念头完全是心血来潮，我是一点儿都不明白。"彼得·斯捷潘诺维奇对他说，"我可没有向您灌输过这一想法，您在认识我之前，就已经打定了自杀的主意，您第一次提到这一打算时，还不是对我讲的，而是对流亡国外的跟我们持相同政见的人说的。顺便说一句，您要注意，他们中没有一个人诱导您讲这样的心里话，甚至谁也不认识您。是您自己主动去跟他们讲的。好啦，有什

么办法呢？反正，考虑到您的自告奋勇，人们在您的同意下——请注意这一点——制定了某种行动计划，到现在是无法改变它了。”①

基里洛夫的自杀是绝对无意义的，我是说，它的动机不是外在的。依靠并且借助于一个“无意义的行动”，人们可以带入到这一世界中的荒诞的一切，我们现在就来看一看它们到底是什么。

自从基里洛夫决心自杀以来，他对一切都不在乎了。他处于一种奇特的精神状态中，这一状态允许并促使他自杀，而且(尽管这是一个无意义的行动，却并非毫无动机)，将使他漠然地为别人担当罪过，至少，彼得·斯捷潘诺维奇是这样想的。

彼得·斯捷潘诺维奇想通过他所策划的这一罪行，把阴谋者们联系到一起，他自居于他们的首位，但他发现自己正在丧失控制权。他认为，既然每个参与阴谋的人都觉得自己是同谋，也就没有一个人能够或敢于摆脱他。

“那么去杀谁呢？”

彼得·斯捷潘诺维奇还在犹豫。——重要的是，牺牲品要自己站出来。

阴谋者们聚集在一个大厅中，在他们的谈话中，一个问题提了出来：“在我们中间，此刻是不是有一个密探？”这个问题立即引起了巨大的骚动，众人同时七嘴八舌地说了起来。

---

① 《群魔》卷二。——原注

“先生们，假如情况确实如此的话，”彼得·斯捷潘诺维奇接着说，“我的嫌疑恐怕要比任何人都更大，因此，我请你们回答一个问题——当然假如你们愿意的话，你们是完全自由的！”

“什么问题？什么问题？”人们四下里乱问。

“这问题将决定，我们是应该继续待在一起，还是各自拿起自己的帽子，默默地各走各的路。”

“问题，什么问题？”

“如果你们中间有谁知道，这里正在策划一桩政治谋杀，他是会不顾一切后果地去告密呢，还是会待在家里静等着这事情发生呢？对这一点，各人的看法会各不相同。对这问题的回答将清楚地表明，我们是应该彼此分手，还是继续待在一起，而且不仅仅只是今天晚上。”①

于是，彼得·斯捷潘诺维奇开始个别询问这一秘密团体的一些成员。人们打断了他：

“不用问了，所有人的回答都将一样，这里没有告密者。”

“为什么这位先生站了起来？”一个女大学生叫嚷道。

“这是沙托夫。您为什么站起来？”维尔京斯基夫人问。

① 《群魔》卷二。——原注

沙托夫确实站了起来。他手里拿着帽子，瞧着维尔霍文斯基。他仿佛想跟他说话，却又犹豫不决。他脸色苍白，露出怒气。但是，他控制住了自己，一言不发地朝门口走去。

“这对您不会有好处的，沙托夫！”彼得·斯捷潘诺维奇朝他嚷道。

沙托夫在门口停了一下。

“相反，一个像您这样的懦夫和奸细会得到好处的！”他大声叫嚷着，算是对那个含糊的威胁的回答。然后，他走了出去。

于是，大厅中又爆发出新的喊叫声和感叹声。

“考验结束了。”①

该杀的人就这样自己站了出来。刻不容缓：应该赶在沙托夫告密之前杀死他。

让我们现在欣赏一下陀思妥耶夫斯基的艺术，因为，我一直在不停地对你们大讲特讲他的思想，而多少有些忽视了他阐述思想的精湛艺术，我感到自责。

在小说的这个时刻，发生了一件奇迹般的事情，提出了一个特别的艺术问题。我们总是认为，从故事情节发展的某个时刻起，就不应该有什么东西让情节分散：情节应该急速直下，直奔目标而去。然而，恰恰就在这一时刻——情节在陡坡上开

① 《群魔》卷二。——原注

始下滑时——陀思妥耶夫斯基想象出了最令人困惑的中断。他感觉到，读者的注意力这时变得十分紧张，一切都具有了一种极端的重要性，于是，他便不惜以一些急转弯来分散主要情节，以让他的一些最秘密的思想展示出来。就在沙托夫或要去告密或将被杀的当天晚上，沙托夫多年未见面的妻子突然来到。她很快就要分娩了，但基里洛夫一开始对这一情况一点儿都不知道。

这场戏如果处理得不当，会显得很可笑。这是小说中最美的段落之一。它构成了，用戏剧的行话来说，一种“插曲”，用文学的行话来说，一种“赘词”，但陀思妥耶夫斯基正是在这里表现出了与众不同的才华。他简直就可以对普桑[1]说：“我什么都没有忽略。”艺术家的伟大，就是从这一点上看出来的。他善于利用一切，将任何不利因素转变为优势。故事情节在这里就应该放慢了。一切跟它的快速进展相对立的东西，就变得具有了重要性。在这一章里，陀思妥耶夫斯基讲述了沙托夫妻子的意外到来、夫妻间的对话、基里洛夫的参与、两个男人之间突然产生的亲密关系，这一切构成了本小说最美的章节之一。我们将再一次欣赏到我前面已提到过的嫉妒情感的消失。沙托夫知道妻子怀孕了，但根本就没有想过，这孩子的父亲是谁。沙托夫全身心地爱着这个正在受苦并对他只有恶言的女人。

然而，只有这一情境才拯救了那些夸夸其谈的人，使

---

① 普桑（1594—1665），法国画家。

> 得他们没有被告发，免遭敌人的威胁。玛丽的归来改变了沙托夫的行为思路，使他失去了平常的聪明和谨慎。从这一刻起，他的脑子想的就是别的事情，而不是自己的安危了。①

让我们再回到基里洛夫。彼得·斯捷潘诺维奇认为，眼下正是利用基里洛夫自杀的好时候。基里洛夫为什么要自杀呢？彼得·斯捷潘诺维奇问他，因为他不明白。他在琢磨。他想弄明白。他怕到了最后一刻基里洛夫会改变主意，会摆脱他……可是，不。

> “我不会拖延的，”基里洛夫说，“就是在现在，我要杀死自己。”

彼得·斯捷潘诺维奇和基里洛夫之间的对话特别神秘。它在陀思妥耶夫斯基本人的思想中也特别神秘。我再说一次，陀思妥耶夫斯基从来不以一种纯粹的状态来表达他的想法，他的表达总是依据说话的人，依据他借用的人物。基里洛夫处于一种奇特的病态中。他再过几分钟就要自杀了，他说话生硬，缺乏条理。我们必须通过它们，来分辨陀思妥耶夫斯基的思想。

驱使基里洛夫去自杀的，是一种神秘主义的思想，而彼得是无法理解的。

---

① 《群魔》卷二。——原注

“假如上帝存在，一切便取决于他，我不能做任何有违他意愿的事情。而如果他不存在，一切便取决于我，我必须肯定我的独立性……而自杀就是我表现独立性的最彻底的方式。我必须开枪打碎我的脑袋。”

还有：

“上帝是必要的，因此，他应该存在。”

“好，很好。”彼得·斯捷潘诺维奇说，他只有一个想法：鼓励基里洛夫。

“但是我知道他并不存在，他不能够存在。”

“这更不错。”

“有了这两种思想，人就无法继续活下去了，您怎么就不明白呢？”

“那么，他就应该开枪打破自己的脑袋吗？”

“您怎么就不明白呢，凭着这样的一个理由，就足以自杀……”

……

“但您不会是第一个自杀的人，很多人已经自杀了。”

“他们是有理由的，但是，毫无理由而仅仅为了表现独立性而自杀的人，还没见到过。我将是第一个。”

“他是不会自杀的。”彼得·斯捷潘诺维奇又一次想道。

“您知不知道有这么一件事？”他一边用不快的口气说，

一边观察着他，“我要是处在您的位子上，为了表现我的独立性，我会杀死另一个人，而不是我自己。这样一来，您就会变得有用了。假如您不害怕的话，我给您指定一个人好了。”①

刹那间，他想到，如果基里洛夫迟疑着不敢自杀，那就让他去杀沙托夫，省得让他仅仅代人受过。

“好吧，今天您别开枪自杀了。会有办法解决的。”

“杀死另一个人，那是以最可鄙的形式来表示我的独立性。这可是您。我可不像您那样：我要达到独立性的最高峰，我要自杀。”

“我必须表明我不相信有上帝，”基里洛夫一边继续说，一边在房间里大步来回踱着，“在我看来，再也没有比否定上帝更高的思想了。我有人类的历史为我作证。人发明出了上帝，为的是活下去，不自杀。这就是迄今为止的世界历史的概要。在全世界的历史上，我第一个否定上帝存在的神话虚构。”②

我们别忘了，陀思妥耶夫斯基当然是个基督徒。他通过基里洛大的话表达的，又是一次破产。我曾说过，陀思妥耶夫斯基认为，只有通过放弃才能得到拯救。但是，在这一思想之上，

① 《群魔》卷二。——原注
② 《群魔》卷二。——原注

他又嫁接了另一个思想。为了更好地说清楚它，我愿在此再次援引布莱克的《地狱箴言》中的一段："If others had not been foolish, we should be so."（"假如别人没有发疯，那将是我们要发疯。"）或者："为了使我们不再发疯，别人首先就得发疯。"

在基里洛夫的半疯中，有着牺牲的思想："我将开始，我将打开门。"

如果说，基里洛夫必须得病才能产生这样的思想——陀思妥耶夫斯基并不完全同意这些思想，因为它们是一些反抗的思想——那么，他的思想中其实也包含有真理。如果说，基里洛夫必须得病才能产生这些思想，那也是为了使我们此后不用得病就能有这些思想。

> "只有第一个人，"基里洛夫还说，"绝对必须去自杀，不然的话，将由谁开始，将由谁来证明？我将绝对要去自杀，以便开始，以便证明。我只是迫不得已地跟随上帝，我很不幸，因为我不得不表明我的自由。所有人都是不幸的，因为所有人都害怕表明他们的自由。如果说，迄今为止，人一直是那么的不幸，那么的可怜，那是因为他不敢表现出最高意义上的自由，而只满足于一种小学生式的造反。
>
> "但是我会表现出我的独立。我必须相信我是不信神的。我将开始，我将结束，我将打开门。我将拯救。"
>
> ……
>
> "整整三年里，我寻找着我神圣的属性，我终于找到

> 了，我神圣的属性，就是独立。只有通过它，我才能表现出我最高度的叛逆，我新的和可怕的自由，因为自由就是可怕的。我要用自杀来表明我的叛逆，我新的和可怕的自由。”①

尽管在这里基里洛夫显得极端蔑视宗教，但是请你们相信，陀思妥耶夫斯基在想象这一形象时，始终在幻想为拯救人类而不得不上十字架的基督。如果说基督必须受难，那不正是为了使我们基督徒成为基督徒，而不必以同样的方式去死吗？有人对基督说：“假如你就是神，那你就拯救你自己吧。”基督回答说：“假如我救我自己，那你们大家就要丧失生命了。我现在丧失生命，牺牲我自己的生命，正是为了拯救你们大家的生命。”

我在陀思妥耶夫斯基的《书信集》法译本的附录中读到这样几句话，它揭示了基里洛夫这一人物的一个新面貌：

> 您得明白，自愿的牺牲，彻底觉悟的、摆脱了一切束缚的牺牲，为所有的人而牺牲自己，在我看来，是人的人格发展最高阶段的标志，它标志了人的优越性，他的最完美的自制性，他最大的自由意志。甘愿为其他人牺牲生命，为所有的人而上十字架，走上火刑堆，这一切，只有人格发展得十分坚强的人才能做到。一种高度发展的人格，彻底坚信自己有权成为一种人格，再也不担心自己，不为自

① 《群魔》卷二。——原注

> 己谋什么利益，就是说，除了为他人牺牲自己之外，别无用处，为的是让所有其他人都成为类似的人格，自由自决而又幸福快乐。这是自然法则：正常人都要达到它。①

你们看到，尽管初看之下，基里洛夫的话没有什么条理，然而，透过这些话，我们发现的正是陀思妥耶夫斯基本人的思想。

我感到，我远远没有穷尽陀思妥耶夫斯基的作品中可能存在的种种教诲。我再说一遍，我有意识或无意识地在其中寻找的，是跟我的思想最接近的东西。无疑，别的人会在其中发现别的东西。现在，我快结束我的最后一次讲座了，你们一定期待我做一个结论：陀思妥耶夫斯基要把我们引向何处？他到底教导了我们什么？

有人会说，他直接把我们引向了布尔什维克主义，尽管他们心里都很清楚，陀思妥耶夫斯基痛恨无政府状态。《群魔》这整本书颇有预见性地揭露了俄罗斯眼下正痛苦承受的革命。但是，在保守派的眼中，那些面对着既成规范提出新的“价值标准”的人，总是像一个无政府主义者。保守派和民族主义者在陀思妥耶夫斯基的作品中只看到混乱，认为他对我们毫无用处。我要回答他们说，他们的反对似乎是在诅咒我们法兰西的才华。对外国的东西，如果我们只承认与我们的相似点，只想在其中看到我们的秩序、我们的逻辑，不妨说，看到我们的形象，那

① 《书信集》。——原注

么，我们就是犯了一个严重的错误。是的，法兰西可以厌恶丑陋，但是，首先，陀思妥耶夫斯基并不是丑陋，恰恰相反，他对美的规范跟我们地中海民族对美的规范很不相同，然而，即便有更大的差异，我们法兰西的才华，我们法兰西的逻辑，难道不是正好用来整理正需要它整理的东西吗?

如果法兰西只欣赏自己的形象，自己过去的形象，它就会处于一种致命的危险中。在这里，我尽量更精确地、更谦虚地表达我的思想：在法国存在着保守派是一件好事，他们维护传统，对他们所认为的一种外国侵入加以反对。然而，他们之所以能够存在，恰恰是因为有新的东西出现，否则，我们的法兰西文化就会是一个空架子，一个僵硬的外壳。他们对法兰西的才华知道些什么？而我们，除了过去之外，又知道些什么？在民族情感方面，在教会方面，都知道些什么？我的意思是，保守派对才华的态度，有时候很像教会以前对圣人的态度。很多的圣人在违背传统的罪名下先是被抛弃、被排斥、被否定，但是，他们很快又成了这一传统的主要基石。

我常常谈到我对智力保护主义的看法。我认为它是一种严重的危险，但是，我也认为，对智力非民族化的任何期待，也是一种同样严重的危险。在对你们这样说的同时，我其实是在表达陀思妥耶夫斯基的思想。没有一个作家像他那样，既是地道的俄罗斯人，同时又更是一般意义上的欧洲人。正因为他特别是俄罗斯人，他才能是普遍意义上的人，他才能以其如此特殊的方式感染我们所有人。

“老俄罗斯欧洲人”，他这样称呼自己，也让《少年》中的韦尔西洛夫这样说：

> 因为各种对抗的因素在俄罗斯思想中调和了起来……那时候，谁能理解这样的思想呢？我独自游荡。我不讲我自己，我讲……俄罗斯思想。在那边，是辱骂与无情的逻辑，在那边，一个法国人只是一个法国人，一个德国人只是一个德国人，而且比他们历史上任何一个时期都更死板；因而，法国人从未如此地损害过法国，德国人也从未如此地损害过德国。在整个的欧洲，竟没有一个欧洲人！只有我才有资格对那些纵火者说，他们焚烧了杜伊勒里宫[①]是一种罪孽。对那些嗜血成性的保守派来说，这一罪行是合乎逻辑的，我是“唯一的欧洲人”。再说一次，我不是在讲自己，我是在讲俄罗斯思想。[②]

再往下，我们读到：

> 欧洲得以创造了法兰西人、英格兰人、德意志人这些高贵的类型，但对它未来的人还一无所知。而我觉得，它也并不想知道。这是可以理解的：他们并不自由，而我们，我们是自由的。我独自一人，带着我那俄罗斯的苦闷，在欧洲依然还是自由的……请注意，我的朋友，一个特点。任何一个法兰西人，除了服务于他的法兰西，也能服

① 杜伊勒里宫在巴黎，曾是法国的王宫。巴黎公社期间被焚烧。

② 《少年》。——原注

> 务于人类，但是这要有一个严格的条件，那就是，他仍然是一个法兰西人，英格兰人和德意志人也是同样。而俄罗斯人，他——今天已然是这样，即远在他完成最终形态之前——他越是欧洲人，也就越是俄罗斯人：我们的民族本质就基于此。①

但是，作为跟这段话的对照，我要为你们念一念《群魔》中那个卓越的段落，它表明了，陀思妥耶夫斯基意识到，使一个国家过于欧洲化会带来多么大的危险：

> “任何时候，在人民的生活中，科学与理性只起着次要的作用，将来也是如此。各个民族的形成和运动，依据的是一种基本的力量，其渊源、其动力我们不得而知，也无法解释。这一力量就是永不满足、直达终点的欲望，但同时它又否定那个终点。就一个民族来说，这是一刻不停地、毫无疲倦地对自身存在的肯定，对自身死亡的否定。这是如同《圣经》中所说的‘生命之灵’，如同《启示录》中预告了要干涸的‘活水之流’，这是哲学家们的美学和道德原则，而借用最简单的话来说，这是‘寻找神’。每个民族在其存在的每个时期，其全民族的运动的目的，只是在寻找神，寻找一个它自己的神，一个它认为是唯一的真正的神。神是整个民族的综合人格，自始至终都是。我们还没有看

---

① 《少年》。——原注

到过这样的现象：所有的民族，或者许多民族聚集在一起，共同崇拜同一个神；因为每个民族各自都有自己的神。当宗教崇拜开始普及时，民族性毁灭的日子也就快到了。一旦神们失去了当地的特色，他们也就死去了，民族也就随之死去了。一个民族越是强大，它的神也就越是有别于其他的神。从来没有存在过没有宗教的民族，即没有善与恶概念的民族。每个民族都以自己的方式在理解善与恶。如果好几个民族都以同样的方式理解善与恶，这些民族就会死去，善与恶的区别本身也会开始淡漠，乃至消失①。”

……

“我怀疑这一点，”斯塔夫罗金说，“您满怀激情地接受了我的思想，然后，您又不知不觉地改变了它。事情很简单，对您来说，神已经被贬低为民族性的一个简单属性……”

他开始十分仔细地打量着沙托夫，而沙托夫此时的表情比语言还更打动他。

“我贬低了神，把他仅仅看作民族性的一个属性？”沙托夫叫嚷起来，“恰恰相反，我把人民提高到神的地位。不是这样吗？民族是神的躯体。一个民族之所以称得上是一个民族，正是因为它拥有自己的神，并且固执地排斥其他所有的神。它要以自己的神，来战胜所有外国的神，并把他们赶出世界。这就是从古到今所有各大民族的信仰，至

① “大洋州诸岛的民族在死去，因为它们不再有一整套的行为准则，不再有判断善与恶的同一标准。”雷克吕：《地理学》，第 XIV 卷。——原注

少是所有那些在历史创造上留下了痕迹的大民族，是所有那些引领过人类发展史的大民族。没有必要反对一个铁的事实。犹太人曾为了等待真神而活着，而他们把真神留给了世界。希腊人把大自然神化了，他们把他们的宗教，即哲学和艺术，遗赠给了世界。罗马把民族神化在了国家政体中，它把国家政体遗赠给了现代各民族。法兰西则在其悠久的历史进程中，只是在自己的身上体现和发展了它的罗马神的概念。”

……

“假如，一个伟大的民族不相信真理就存在于它自己身上，假如它不相信它自己就负有使命，要以它的真理让宇宙得到复活和拯救，那么，它立即就不再是一个伟大的民族，而只是成为了一种人种学上的物质。一个真正伟大的民族，从来不满足于在全人类中扮演一个次要的角色，甚至，一个重要的角色都不能让它满意，它必须绝对是主角。放弃了这一信念的民族，也就放弃了自己的存在。”①

作为这一推理的结果，斯塔夫罗金这样想道：“当人们不再跟自己的国家有联系时，他们就不再有神。”这句话或可用来作为对前面那段话的总结。

今天，陀思妥耶夫斯基会对俄罗斯和它“含神”的人民有些什么想法？当然，想象这一点是很痛苦的事……他当初能够

① 《群魔》卷一。——原注

预见到、预感到今天这种可怕的困境吗?

在《群魔》中,我们已经看到,我们只需要听听希加廖夫最后这样坦言:

> 我在阐述我的想法时思路很有些混乱,而且,我的结论跟我的前提是直接相矛盾的。我从无限的自由出发,最后却到达了无限的专制。①

让我们再听听可憎的彼得·维尔霍文斯基的话:

> 这将是史无前例的混乱,翻天覆地的变化。②

当然,将小说中或者故事中人物所表达的思想加给作者本人,这是很不谨慎的做法,甚至还有些不地道。但是,我们知道,陀思妥耶夫斯基本人的思想正是通过作品中的人物流露出来的……他甚至经常借用一个不太起眼的人物,来表达他十分看重的一个真理。当他通过《永恒的丈夫》中一个次要人物的嘴,说到所谓的"俄罗斯痛苦"时,我们所听到的,难道不是他的心声吗?这个人物这样说:

> 至于我的看法,我认为,在今天,我们在俄罗斯根本就不知道应该敬重谁。您得承认,不知道应该敬重谁,这

① 《群魔》卷二。——原注
② 《群魔》卷二。——原注

是一个时代的可怕灾难……难道不是这样吗？[1]

我知道，即使面对着今日的俄罗斯，陀思妥耶夫斯基无疑会继续充满希望。兴许，他还会想（这一思想，不止一次地出现在了他的小说和他的书信中），俄罗斯在以基里洛夫的方式作自我牺牲，而这一牺牲，兴许还有助于拯救欧洲的其他国家，拯救人类的其他民族。

① 《永恒的丈夫》。——原注